KB104347

큔、아름다운 곡선

GS 1

큔、아름다운 곡선

김규림 장편소설

차례

프롤로그

눈을 감은 남자의 목 옆선에서 푸른 불빛이 고요하게 깜빡였다. 나는 그의 곁에 모로 누워 깜빡이는 빛을 가만히 바라봤다.

매일 밤 오래도록 푸른빛을 보다 잠들곤 했다. 빛이 명멸을 반복하는 동안 그도 그곳에 있었다. 잠들어 있을 뿐 사라진 것이 아님을 말해주는 생명의 신호.

내가 할 수 있는 일은 아무것도 없다. 그저 정해진 시간만큼만 그를 만나고, 잠들게 하는 것뿐. 그리고 빛의 명멸을 멈추고 그 빛을 지속할 방법을 찾아내는 것.

오른손을 들어 그의 볼을 쓰다듬었다. 손끝이 코의 완만한 곡선을 따라 움직이다 입술에 머물렀다. 부드럽고 여린 입술. 나는 입술에 닿았던 손끝을 내 입술로 가져왔다. 그리고 다시 잦아드는 푸른빛으로 손을 뻗었다. 빛이 내 생체신호에 반응하며 선명해졌다.

"큔, 일어나요."

전신에 전력이 공급되는 동안 큔은 몸을 가볍게 떨었다. 감겨 있던 눈꺼풀이 열리며 짙은 갈색의 눈동자가 보였고, 곧 동공이 빛을 인지하고 빠르게 오므라들었다. 석고상처럼 차갑게 굳어 있던 얼굴에 생기가 돌았다. 이내 입술이 달싹거리며 작은 소리가 흘러나왔다.

"제이."

나라는 존재를 인식하는 갈색 눈동자를 보고 기쁜 마음에 웃음이 나왔다. 그러나 대번에 콧등이 시큰거리더니 눈앞이 흐려졌다. 그 일이 있고 두번째 만남이었다.

큔의 손이 내 얼굴을 어루만졌다. 체온 조절 기능이 고장 난 지 오래라 큔의 손은 차가웠다. 새삼 낯설었다. 큔은 단 한 번도 차가운 적이 없었으니까. 추위를 많이 타는 나를 걱정해 일부러 체온을 높여 끌어안곤 했었다. 큔이 손을 거두었다.

"차갑죠?"

나는 부러 그의 손을 끌어와 내 얼굴 위에 다시 놓았다.

"괜찮아."

목이 메었다. 울음을 겨우 삼키는 나를 큔이 토닥였다.

"벌써 일주일이 지났나보네요. 나는 눈을 감았다 뜬 것뿐인데 당신은 또 칠 일이나 기다렸군요. 기다리게 해서 미안해요."

큔의 미간에 가늘게 주름이 잡혔다. 나는 고개를 저으며 큔의 손에 얼굴을 묻었다.

마음을 헤아리는 존재. 내가 사랑하고 나를 사랑하는 안드로이드. 큔의 말과 행동이 학습된 반응인지 아닌지는 오래전부터 중요하지 않았다. 큔의 정신이 지금 활짝 깨어나 나와 연결되었다는 게 중요할 뿐.

순간순간이 소중해.

큔에게 남은 시간은 이제 고작 한 시간 남짓. 그때까지 방법을 찾아야 한다.

1장

1

무대 위로 칠흑 같은 어둠이 내려앉았다. 사람들로 가득찬 대형 홀이 긴장감과 기대감으로 술렁였다. 나는 조심스럽게 무대 중앙으로 발을 옮겼다.

또각, 또각, 또각.

구두굽 소리가 무대를 가로질렀다. 천장에서 빛의 기둥이 바닥으로 내리꽂혔다. 나는 행사 스태프와 약속한 동선을 따라 빛 안으로 들어섰다. 관객석은 마치 캄캄한 바다 같았다. 간혹 작은 빛들이 플랑크톤처럼 빛날 뿐. 오히려 마음이 편했다. 등뒤로 대형 디스플레이가 번쩍 켜졌다.

"지금, 행복하세요?"

나는 가벼운 미소를 짓기 위해 애썼다. 입꼬리가 미세하게 떨리는 게 느껴졌다. 이 자리를 위해 직접 스크립트를 쓰고 한 달여를 연습해왔다.

"21세기를 시작으로 모든 관계는 정보화되었죠. 텍스트화되고, 이미지화되고, 영상화되었습니다. 불필요한 정보는 잘려 나갔습니다. 우리는 삶에서 못생기고 초라한, 어쩌면 가장 인간적인 삶의 표피들을 도려내기 시작했어요."

화면 위로 각종 에스엔에스와 아바타, 기괴하게 꾸며진 사람들의 이미지가 번쩍거렸다.

"인간관계라고 다를 게 없었죠. '좋아요'를 누르는 사람만 남기고 반응하지 않은 관계는 멀어졌어요. 지난 수십 년간 우리는 에스엔에스가 가져온 거대한 파도에 그대로 몸을 실었습니다. 그리고 쓸려 다녔죠. 수많은 사람을 연결한 에스엔에스. 그후는 어땠나요? 고독을 잊기 위해 의존했던 에스엔에스는 더한 고독을 더해주었어요. 알고리즘은 나날이 정교해지며 이용자가 원하는 것만 보게 하고 다른 세상은 차단해버렸죠. 편집된 삶. 우리는 너덜너덜한 결과물이 자신의 정체성이라 믿게 됐죠. 현실 세계의 만남은 삐걱대기 시작했어요. 그렇게 이 사회에는 공허한 메아리만 울려 퍼지게 되었습니다."

말을 멈추고 앞을 응시했다. 눈앞에 펼쳐진 밤바다에는 여전히 무거운 정적만 가득했다.

"이제는 우울증이 대표적 중병 중 하나가 되었습니다. 근본적인 해결법은 무엇일까요? 답은 간단해요. 관심과 위로, 친밀감이죠. 여러분은 이걸 어디서 얻나요? 가족이요? 아니요. 친구요? 틀렸습니다. 그런 이상적인 관계를 이미 가진 분이라면 지금 이 시간에 제 얘기를 듣고 있지 않겠죠."

등뒤의 거대한 화면에 별이 반짝이는 우주의 모습이 펼쳐졌다.

"광활한 우주에서 우리는 티끌 같은 존재예요. 그런데 이 티끌 안에 똬리 튼 고독은 거대합니다. 우주적 고독의 무게가 매일 밤 가슴을 짓눌러요. 블랙홀처럼 사람을 집어삼키기도 하죠. 외로움은 이 시대를 살아가는 우리 인간의 가장 큰 비극이에요. 타인은 물론, 자기 자신에게조차 진정한 이해나 진심 어린 위로를 받을 수 없다는 것. 샴하트 창업주인 마이클 신도 그랬고, 여기 서 있는 저도 마찬가지입니다. 온 우주가 이해받기 위해선 우주만큼 커다란 이해와 관용이 필요하죠."

나는 잠시 말을 멈추고 쓸쓸한 표정을 지었다. 화면 위로 내 얼굴이 클로즈업될 것을 알고 있었다. 행사 기획자의 주문에 따라 연출된 표정이었지만 고독에 대한 신념만큼은 진심이었다.

"우리 샴하트의 시작은 미미했습니다. 인공지능을 탑재한 청소 로봇에서 시작됐죠. 지금은 은퇴한 창업주 마이클 신의 꿈은 원대했습니다. 인간에게 도움이 되는 안드로이드 로봇을 만드는 것. 그리고 사람을 외롭지 않게 하는 것. 2020년 설립된 샴하트는 설립된 지 십칠 년 만에 인간형 안드로이드를 세상에 선보였죠. 인간의 절대적 이해자. 당신을 학습하고, 당신의 감정과 내면에 집중하는 인간형 안드로이드."

화면 위에서 내 얼굴이 사라지고 준비한 영상이 시작됐다. 마주보며 웃는 젊은 남녀와 노부부, 어린아이 둘을 안은 부부, 손을 맞잡은 채 서로를 바라보는 동성 커플, 신나게 뛰어가는 강아지와 소녀 등 행복해 보이는 사람들의 모습이 차례로 흘러나왔다.

"EK 1세대부터 EK 3세대까지, 샴하트의 안드로이드와 함께 새로운 삶을 시작한 사람들의 모습입니다. 사람들은 드디어 이해받기 시작했고, 비로소 행복을 느끼게 되었죠. 자, 오늘은 여러분이 고대해온 샴하트의 안드로이드 EK 4세대를 선보이는 날입니다!"

정적만이 흐르던 무대 아래에서 뜨거운 갈채와 환호성이 쏟아졌다. 등뒤 어둠 속에서 하얀색 유니폼을 입은 사람들이 뛰쳐나왔다. EK 4세대 안드로이드들이었다. 그들은 나를 지나쳐 무대 아래로 뛰어내려갔다. 다양한 인종과 연령으로 구성된 안드로이드들은 관객에게 손을 흔들거나 키스를 보내고, 점프를 하고 춤을 추며 이 축제를 만끽했다. 그들의 오른쪽 목덜미에는 작은 쐐기문자 모양의 샴하트 로고가 푸르게 빛나고 있었다. 관객들의 환호성은 더 커졌다.

—오늘 이사님 잘하시는데요? 사고 치실 줄 알고 조마조마했는데……

이어 디바이스로 제이슨의 목소리가 들렸다. 무대 뒤를 바라봤다. 히쭉거리며 엄지손가락을 치켜든 제이슨 옆에 유성운 이사가 서 있었다. 나는 관객석에 손을 흔들고 무대를 내려왔다. 브랜드 매니저가 신제품에 적용된 신기술과 사용법을 브리핑할 차례였다.

스타일리스트가 메이크업을 고쳐주는 동안 의자에 앉아 숨을 골랐다. 태연한 척했지만 떨림이 멈추지 않았다. 유성운이 주머니에 손을 찔러넣은 채 느릿느릿 걸어와 내 앞에 섰다.

“오랜만에 밝아 보이네?”

“밥값은 해야지.”

나는 거울을 응시한 채 말했다. 유성운이 거울 속 나를 가만히 바라보다 돌아서 나갔다. 이 년 전, 막 정교수로 부임해 강단에 선 나를 샴하트로 끌고 오다시피 데려온 사람이 바로 유성운이었다.

마이클 신, 즉 나의 아버지는 은퇴를 결정한 후 변호사를 통해 자신이 보유한 회사 지분 전체를 내게 상속한다는 의사를 전달해왔다. 변호사가 내민 상속 서류에는 생각지도 못한 조항이 적혀 있었다. '신제이의 샴하트 이사 오 년 임기 및 실질적 경영 참여'. 헛웃음이 나왔다. 상속? 내 알 바 아니었다. 아버지와 절연한 지 오래였고, 나는 엔지니어도, 경영인도 아니었다. 상속이야 거부하면 그만이다. 그놈의 회사, 망하든 말든 관심 없었다.

중학교 동창인 유성운이 내 앞에 나타난 건 변호사가 다녀간 바로 다음날이었다. 유성운은 상속 내용을 모두 알고 있었다. 당시 인간형 안드로이드에 적대적인 견해를 밝혀온 기업 사냥꾼 사모 펀드가 회사 지분을 공격적으로 사들이고 있었다. 회사를 망가뜨리려는 의도가 다분한 행보였다. 아버지의 지분이 그들 손에 들어간다면 회사가 위태로운 상황이었다. 유성운은 강의실이건 카페건 집이건 어디든 쫓아다니며 나를 설득했다. 어느 날부터 함께 오는 사람의 숫자가 늘어나더니, 나중에는 회사 사람들이 강의실 절반을 차지하고 앉아 있을 정도였다. 모두 아버지와 함께 인간형 안드로이드 사업에 헌신해온 사람들이었다. 결국 나는 아버지의 상속 조건을 수락할 수밖에 없었다. 아버지는 몰라도, 그 많은 사람들을 외면하기란 쉽지 않았다. 그리고, 인간형 안드로이드는 내게도 방안의 코끼리 같은 존재였다. 교활한 노인네. 생각할수록 분했다. 이것 때문에 울며 겨자 먹기로 이사직을 맡긴 했지만 늘 떠날 날만 기다렸다. 맞는 자리가 아니었다. 무엇보다 애정이 없었다. 안드로이드에 대한 애정. 회사를 누비고 다니는 안드로이드들과 아버지의 흔적을 볼 때마다 기억 위에 올려 둔 큼직한 누름돌이 들썩거렸다.

PD가 이어 디바이스로 브랜드 매니저 순서가 끝났다고 알렸다. 나는 주위를 둘러본 뒤 스테인리스 보틀을 꺼내 투명한 액체를 홀짝 마셨다. 그리고 다시 무대에 올랐다.

"벌써 시간이 이렇게 됐네요. 이제 마지막으로 간단하게 질문 몇 가지 받을게요."

각종 언어로 된 질문과 사람들의 모습이 디스플레이를 가득 채웠다. 관객석에서도 빛이 한 줄 한 줄 솟아올랐다. 아름다운 빛의 향연을 황홀하게 쳐다보다 입을 뗐다.

"음…… 첫번째 질문이니까, 이곳을 직접 찾아주신 분께 기회를 드릴게요."

손에 쥐고 있던 작은 디바이스의 버튼을 누르자 관객석은 하나의 불빛만 남고 암전되었다. 화면에는 'No. 5'라는 글자와 함께 사십대 후반으로 보이는 여성의 얼굴이 떠올랐다. 기쁨과 놀라움이 뒤섞인 표정이었다.

"저는 지금 휴고와 살고 있어요. 휴고는 EK 3세대예요! 남편을 떠나보내고 힘든 나날을 보냈는데 이제 휴고가 있어서 정말, 진심으로 행복합니다. 휴고를 제게 보낸 샴하트에게 늘 감사한 마음이에요. 제가 궁금한 건 제품 사용법이 아니에요. 사적인 질문입니다만…… 신제이 이사님도 안드로이드와 살고 계신지 궁금합니다."

5번 여성을 보여주던 화면에 내 얼굴이 클로즈업됐다. 무심결에 무대 뒤편으로 고개를 돌렸다. 유성운의 얼굴에서 천연덕스럽던 표정이 사라지고 불안한 기색이 떠올랐다. 그 모습을 보자 묘한 반항심이 스멀스멀 일어났다.

"아니요. 저는 안드로이드와 살고 있지 않습니다."

"그럼…… 지내본 적은 있으시죠?"

"네. 안드로이드들과는 회사에서 충분히 많은 시간을 보내고 있어요."

나는 스스로가 느끼기에도 과장된 미소를 띠고 있었다. 기자석에서 플래시가 터졌다. 누군가 큰 소리로 외쳤다.

"본인은 사용해보지도 않은 제품을 파는 건가요?"

"샴하트의 인간형 안드로이드는 이미 3세대를 거치며 많은 오류를 개선하고 발전해왔습니다. 그만큼 인공지능 프로그램이 안정화되어 있어요. 오작동률도 거의 제로에 수렴해, 타사 안드로이드와 비교할 수 없을 만큼 안정적입니다. 제가 사용하고 말고의 여부가 중요한 건 아니라고 생각하는데요?"

—제이 이사님…… 아, 제발!

이어 디바이스로 제이슨의 신음소리가 흘러나왔다. 슬쩍 돌아보니 제이슨이 발을 동동 구르고 있었다. 유성운은 눈을 감으며 이마를 짚었다. 발표회장이 웅성거렸다. 기자석에서 기회를 잡았다는 듯 비난 어린 외침이 들려왔다.

"너무 무책임한 대답 아닙니까?"

"저는 저희 샴하트의 제품을 전적으로 신뢰합니다. EK 4세대를 개인적으로 사용해보진 않았지만 우리 샴하트의 기술력이 완벽하단 걸 경험적으로 알고 있어요."

나는 미소 띤 얼굴로 입고 있던 감색 울 재킷을 벗어 바닥에 떨어뜨렸다. 겨울이었지만 긴장해서 땀이 날 것을 염려해 안에는 흰색 민소매 블라우스를 입고 있었다. 조명 아래로 하얀 두 팔이 드러났다. 서늘한 공기 때문에 등에 소름이 살짝 끼쳤다. 왼쪽 팔을 서서히 들어올렸다. 팔 안쪽에 샴하트 로고가 푸른빛을 내고 있었다. 나는 인사를 건네듯 손을 흔들다 오른손 검지로 로고를 터치했다. 별안간 왼팔의 피부가 조각조각 분리되며 로봇 팔을 구성하는 골격과 복잡하게 연결된 회로들이 적나라하게 드러났다. 입을 손으로 가린 5번 여성의 경악한 얼굴이 화면에 클로즈업됐다. 나는 무표정하게 입을 뗐다.

"이제 대답이 되셨을까요?"

2

투명한 유리로 둘러싸인 사무실. 밖에선 직원들이 분주하게 움직이고 있었다. 나는 평소처럼 작은 쌍안경을 들고 창문 아래를 응시했다. 뒤통수가 따가웠지만 돌아보지 않았다. 보나마나 유성운일 것이다. 유리문이 부드럽게 열리는 소리가 들렸다.

"거창한 제품 공개였어."

유성운이 사무실로 들어서며 말했다.

"인공의체까지 소개해달라고 한 적은 없는데."

"자매품 소개는 서비스니까 너무 고마워 마."

나는 애써 태연하게 말했다.

"홍보팀이 매번 리스크 관리하느라 힘들어. 주주들도 난리고."

무슨 의미인지 알고 있었다. 중요한 자리에서 회사 이미지에 생채기를 냈다. 내 딴엔 작은 복수였다. 그것도 이 년 만의 복수. 유성운도 내 안의 열세 살 자아에 대해 잘 알고 있다. 열세 살의 어느 날로부터 성장을 멈추고 누군가를 미워하기로 결심한 제이. 상처 뒤에 숨어서 언제든 폭탄이 될 준비가 돼 있는 제이.

"내가 안 써본 걸 어떻게 써봤다고 해. 그랬다가 뭐가 좋냐, 어떤 부분이 만족스럽냐, 사용 팁 알려달라, 뭐 이딴 걸 물어대면 어떻게 대답하라고. 게다가 이상하지 않아? 무슨 의도로 그런 질문을 했는지? 나한테 이럴 게 아니라 초대 담당한 파트부터 알아봐야 하는 거 아니야? 어디, 경쟁사에서 꽂아 넣은 사람 아닌지?"

눈에서 쌍안경을 떼고 돌아서서 유성운을 노려봤다. 유성운의 미간에 깊은 십일 자 주름이 패어 있었다.

"내 치부까지 드러내가며 무마했잖아. 그럼 된 거 아니야? 낙하산 운운하길래 직접 제품 공개도 했고, 회사가 원하는 대로 다 했잖아. 내 덕분에 인공의체팀은 벌써 올해 예약 마감이라던데."

"신제이, 좀 적당히 해! 요즘 안드로이드 반대 단체 때문에 비상인 거 알잖아. 정치권에서도……"

"그러니까, 싫다는 사람을 억지로 무대 위에 올려놓으신 것부터 반성 좀 하세요. 저는 이 회사에 조금도 미련 없으니까……"

"EK 4세대는 우리 회사와 마이클 신이 오랜 시간 공들여 온 역작이야. 굳이 이런 식으로 잡음 만들 필요 없잖아?"

마이클 신. 내 인생에서 사라진 사람, 아니, 지워버린 사람. 나는 미간을 찌푸렸다.

"됐어! 이제 그만하고 나가주시죠? 홍보팀의 애로 사항은 충분히 알았으니까."

의자에 털썩 앉았다. 과했다는 걸 알지만 사과하고 싶진 않았다. 사실은 사실이니까. 유성운의 얼굴에는 '폭발 직전'이라고 쓰여 있었다.

유성운은 입 끝까지 나왔던 말들을 애써 목구멍으로 밀어 넣고 사무실 밖으로 나갔다. 나는 유리벽을 통해 유성운의 뒷모습을 지켜봤다. 그가 건너편 자신의 사무실로 들어가자마자 유리벽이 불투명하게 변했다. 고민스러운 일이 생기면 늘 저렇게 자신의 굴로 들어가 처박히는 사람이다. 얼마 뒤 제이슨이 유성운의 방으로 들어가는 게 보였다. 무슨 꿍꿍이

인지.

다시 쌍안경을 들고 창밖을 내려다봤다. 회사 건물 앞 샤하트 스퀘어에선 벌써 한 달째 인간형 안드로이드 반대 시위가 진행되고 있었다. 대여섯 명에서 시작된 집회 규모는 벌써 쉰 명 정도로 늘어났다. 드론 한 대가 파리처럼 날아다니며 시위대와 회사를 촬영하고 있었다. 반대 단체는 이름까지 생겼다. 오비시디OHBCD. 'Only Human Beings Can Do'라는 의미였다. 여러모로 조짐이 좋지 않았다.

3

"제이?"

길고 구불거리는 흑갈색 머리, 갈색 눈동자. 엄마의 얼굴이다. 정확히는 나의 안드로이드 엄마. 엄마의 차가운 양손이 내 얼굴을 조심스레 어루만졌다. 작은 기어들의 미세한 진동이 내 볼로 전해졌다. 볼을 쓸어내리는 손길은 섬세하고 부드러웠다.

"엄마?"

엄마의 손을 잡고 손바닥에 코를 묻었다. 오랫동안 잊고 있던 낯익은 장미 향. 나는 폐부 깊숙이 향을 들이마시고 엄마를 바라봤다. 너무나도 그리웠던 엄마다. 엄마는 고장난 라디오처럼 입을 벙긋거리고 있었다.

"엄마, 뭐라고요?"

소리가 들리지 않았다. 나는 엄마의 입 쪽으로 귀를 가져갔다. 그때 별안간 엄마의 입에서 커다란 기계음이 흘러나왔다.

—샴하트로부터 상품이 배달되었습니다.

눈을 번쩍 떴다. 눈 옆으로 눈물이 또르르 흘러내렸다.

"젠장……"

손바닥으로 눈물을 닦았다. 순식간에 엄마의 장미 향도 사라졌다. 놀라울 만큼 생생했는데. 내 잠재의식 속에 엄마의 향기에 대한 기억도 잠들어 있던 것일까.

—샴하트로부터 상품이 배달되었습니다.

알림음이 한번 더 반복됐다. 주말 아침부터 불청객의 방문이라니. 인상을 찌푸렸다.

"주말에 대체 뭘 보낸 거야."

짜증스럽게 중얼거렸다. 목소리가 쩍쩍 갈라졌다. 꿈에서 느꼈던 따스한 기운이 단박에 휘발됐다. 마음이 저릿했다.

—샴하트로부터 상품이 배달……

"알았습니다, 네네!"

후들거리는 다리를 겨우 지탱하며 난간을 잡고 일층으로

내려갔다. 계단 옆에 걸린 액자 속에는 고대 유적지를 배경으로 활짝 웃고 있는 대학 시절의 내가 있었다.

일층은 난장판이었다. 소파에는 어제 벗어놓은 정장이 아무렇게나 널려 있었고 주방 식탁에는 먹다 남긴 마른안주와 술병이 널브러져 있었다. 바닥에도 과자봉지와 쓰레기들이 굴러다녔다. 이 공간에서 멀쩡해 보이는 건 나 자신밖에 없었지만, 그럼에도 최악을 꼽는다면 그 역시 나였다. 어젯밤 혼자 새벽까지 과음을 한 탓에 속이 좋지 않았다. 식탁에 걸터앉은 채 언제 떠놓은지 알 수 없는 물을 벌컥벌컥 들이켰다.

"후…… 현관 보여줘."

말을 마치자마자 눈앞에 현관을 비추는 영상이 펼쳐졌다. 하얀 점프슈트에 하얀색 캡 모자를 쓴 남자가 카메라를 응시하며 서 있었다. 모자에는 샴하트 로고가 그려져 있었다.

"열어줘."

남자가 열린 문으로 들어서며 영상에서 사라졌다. 손을 저어 영상을 소파 쪽으로 밀어낸 뒤 소파로 걸어가 털썩 주저앉았다. 뉴스피드를 열었다.

"샴하트 검색해."

말이 떨어지자마자 무수히 많은 내 얼굴들이 영상을 가득 채웠다. 그중에서 가장 냉랭해 보이는 사진을 건 뉴스를 선택했다. 차갑게 웃고 있는 얼굴 아래에는 '샴하트 창업주 딸, 안드로이드 사용해본 적도 없어……'라는 헤드라인이 달려 있었다. 안드로이드 반대 단체 오비시디의 시위 모습과 분해된 인공의체 사진도 연관 기사로 떴다.

"사진발 좀 받네."

그때 남자가 거실로 들어섰다. 샴하트의 배달 로봇이었다. 로봇은 거대한 박스를 조용히 바닥에 내려놓았다.

"안녕하십니까, 고객님? 샴하트 안드로이드 배달부입니다."

"뭐야, 이건……"

"선물하신 고객님의 메시지가 있습니다."

배달 로봇이 내 스크린에 영상을 송신했다. 유성운이었다.

―제이야, 회사 경영진이 자기 제품도 안 쓰면서 어떻게 사람들한테 판매할 수 있겠니! 보는 눈 많은 거 알지? 제발 한 번만 써보자, 제이야!

영상이 멈추자 배달 로봇이 나를 바라보며 세상 친절한 미소를 지어 보였다.

"그래, 내가 잊고 있었네. 로봇과 회사의 미래에 모든 걸 바치신 유성운이었지. 졌다, 졌어."

배달 로봇은 허리를 숙여 인사하고 거실을 빠져나갔다. 적

막만 가득한 공간에 거대한 박스와 나만 덩그러니 남았다. 한숨이 흘러나왔다.

안 써보긴. 이 회사 창업주가 만든 안드로이드를 제일 먼저 쓴 사람이 나인데.

4

—역사박물관에 도착했습니다.

무버가 바닥에 내려앉으며 슬라이딩 도어가 열렸다. 매서운 칼바람이 무버 내부로 들이쳐 넓은 바짓단이 펄럭였다. 내가 내리자 무버는 삼십 센티미터가량 떠오르더니 충전소를 찾아 미끄러지듯 사라졌다. 코트 깃을 여미며 발걸음을 옮기는데 멀리서 호선이 손을 흔들며 박물관 계단을 내려오는 게 보였다.

"웬일이야, 여기까지? 신제품 출시하고 바쁠 텐데."

급하게 나왔는지 얇아 보이는 핑크색 니트 카디건만 걸친 채였다. 말은 그렇게 해도 퍽 반가워하는 얼굴이었다.

"본 지도 오래됐고. 여기 선물."

가방에서 작은 상자 하나를 꺼내 건넸다. 호기심 어린 눈으로 상자를 열어본 호선의 얼굴에서 기쁨이 번져나갔다. 최근에 개발된 휴대용 방사성 탄소 연대 측정기였다.

"와, 이렇게 작은 게 나오다니. 사람들은 정말 대단해. 뭐든지 작게 만들 수 있어."

호선이 측정기에서 눈을 떼지 못하며 중얼거렸다.

"아직 정확도는 떨어지지만 쓸 만하대."

"오호, 신제이. 역시 사람은 돈이 있고 볼 일이야. 베풀 줄 아는 사람 다 됐네!"

나는 호들갑 떠는 호선이 귀여워 싱긋 웃고 말았다.

호선은 대학교 고고학과 동기였다. 낯을 가리는 탓에 사람들과 어울리지 못하던 내게 처음으로 말을 걸어온 사람이 바로 호선이었다. 호선의 살가운 성격 덕에 우리는 금세 친해졌고, 방학마다 함께 세계 곳곳의 유적지를 찾아다녔다. 대학원을 졸업하며 나는 교수가 되기로 결심했고, 호선은 박물관 연구직을 선택했다.

메소포타미아 문명관에는 관람객의 흔적이라곤 없었다. 고대의 석판들이 조명을 받아 빛났다. 변이 바이러스의 유행으로 세계가 삼십 년 사이 팬데믹을 세 번이나 겪는 동안, 모든 전시물은 데이터로 기록되었다. 박물관에 가지 않아도 각막에 착용하는 VR 렌즈만 있으면 박물관에 서 있는 것처럼 유물을 생생하게 관람할 수 있었다. 어쩌면 지금 박물관의 역할은 전시품을 진열해놓고 관람객을 받는 것보다는 역사적 진실을 수호하는 편에 가깝다고 할 수 있었다.

어쨌거나 사람들은 더이상 과거에도 미래에도 관심을 두지 않는다. 지금 당장 새로 나온 것들을 받아들이기도 벅찬 세상이니까.

길가메시의 벽화 앞에서 발걸음을 멈췄다. 수메르의 왕 길가메시, 우루크의 세번째 왕 루갈반다와 야생 암소의 여신 닌순의 아들 길가메시. 폭군 길가메시, 백성의 첫날밤에 끼어들어 여자를 탐한 최악의 난봉꾼 길가메시. 사람들은 신에게 간절히 기도했다. 길가메시를 제압할 수 있는 용맹한 자를 달라고. 그의 짝을 달라고. 여신 아루루가 사람들의 기도를 듣고 찰흙으로 강력한 존재를 만들어냈다. 바로 엔키두였다. 갓 만들어진 엔키두는 야생 짐승이나 다름없었다. 그런 엔키두를 길가메시와 대등한 인간으로 만든 게 바로 신전의 사제, 샴하트였다.

아버지는 이 수메르 신화에서 회사 이름을 가져왔다.

"샴하트 신제품 발표회 봤어. 네가 옷 벗을 때 심장 떨어질 뻔했다? 너 대단하더라. 이제…… 극복한 건가?"

"극복하고 말 게 뭐가 있어. 인공의체도 그냥 내 몸인데."

"아니, 아버지 말이야."

"……"

아무 대답도 하지 못했다. 극복 못했어. 그러니까 열세 살 제이가 나와서 횡포를 부린 거겠지. 얼른 화제를 바꿨다.

"오늘 엄마 꿈을 꿨어."

호선이 걱정스러운 얼굴로 쳐다봤다.

"신제품 발표회 준비하느라 많이 힘들었나봐. 너 힘들 때면 엄마 꿈 꾸곤 했잖아. 그날에 대한 꿈……"

"어제 꿈은 달랐어. 그냥 평범했던 엄마였어. 나와 행복했던 시절의 엄마. 무서운 게 아니라 보고 싶더라. 진짜 오랜만에……"

"이제 그날의 기억에서 벗어나게 된 건가?"

"그런 걸까……"

콧등이 여지없이 시큰시큰했다. 나이가 들어도 좀처럼 무뎌지지 않는 감정이었다.

"적어도 난 엄마를…… 원망한 적 없었어. 근데 내 잠재의식은 그게 아니었나봐."

갑자기 왼쪽 어깻죽지가 찌릿거렸다. 미간을 찌푸렸다. 호선이 곁눈질로 나를 살피는 게 느껴졌다.

"괜찮아?"

"응. 늘 그렇지."

후유증이다. 인공의체는 문제없이 작동하지만 내 몸은 그렇지 못했다. 아마도 평생 이렇게 자잘한 통증과 살아가겠지.

"그래도, 상처받은 열세 살에서 이제 중학교 갈 때가 됐나 보네."

호선이 활짝 웃었다. 그녀의 무해한 농담과 말간 웃음은 언제나 나를 편안하게 했다.

"참, 우리집에 안드로이드가 왔어."

"뭐? 너 어제 발표회장에서……"

"그 소동을 피웠더니 유성운이 보냈더라. 집요한 인간. 회사가 뭐라고 나를 이렇게 들들 볶지?"

"유성운 이사도 참 대단해. 너를 이사 자리에 앉힌 것도 모자라 이제는 안드로이드를 쓰라고 보내다니…… 신제이가 이렇게 고분고분한 위인이 아닌데. 사실 너 유성운 이사 좋아했던 거 아니야? 중학생 때?"

"중학생 시절의 유성운 모습을 네가 봤다면 그런 말 못할 텐데……"

"뭐, 회사에는 잘된 일이네. 경영자 리스크를 다시 한번 극복할 기회! '낙하산 신제이 이사가 변했어요', 사람들은 그런 이야기를 좋아하거든. 화제의 문제 인물이 바르게 성장하는 스토리."

"그러거나 말거나 순식간에 만 대가 완판됐거든."

호선이 주위를 조심스레 살피더니 슬며시 말을 꺼냈다.

"근데 말야, 요즘 안드로이드에 대한 여론 안 좋잖아. 반대 단체도 커지고…… 괜찮아?"

"그래서 걱정이야. 이런 날이 올 거라고 예상은 했지만, 생각보다 우리가 준비된 게 없어. 여론도 호의적이지 않고."

뉴스피드에 쏟아졌던 날 선 기사들을 떠올렸다.

"그래서, 안드로이드는 마음에 들어?"

"몰라. 아직 열어보지도 않았어."

"뭐?"

"과연 내가 쓰는 게 옳은 일일까. 회사에서도 안드로이드와 대면하는 걸 피하고 살았는데."

호선이 팔짱을 낀 채 나를 바라봤다. 하고 싶은 말이 있는데 입을 떼기 어려울 때 나오는 버릇이었다. 호선이 주저하다 말을 꺼냈다.

"너 그거 알아? 나도 삼하트 안드로이드를 사용해본 적 있어."

"뭐? 왜 말 안 했어!"

"알면 펄펄 뛸 게 뻔하니까?"

"그래서, 어떤 모델이었어?"

"EK 3세대."

"EK 3세대? 3세대 모델이 2049년에 나왔으니까…… 사년 전이네? 그걸 이제야 얘기한다고? 지금 어디 있어?"

호선은 말없이 웃으며 고개를 저었다.

"그건…… 다음에 말해줄게. 너는…… 걱정 말고 깨워봐. 아마도, 너라면 괜찮을 거야."

호선은 아무렇지 않은 듯 웃었지만 기어코 말하기를 주저했다. '아마도' 나라면 괜찮다니. 더 캐묻고 싶은 게 많았지만 말을 삼켰다. 호선의 미소는 어딘지 모르게 쓸쓸했다. 우리는 『길가메시 서사시』를 소개하는 디스플레이 앞에서 한참을 머물렀다.

5

"엄마, 무슨 책 읽어요?"

"『길가메시 서사시』."

"궁금해요. 얘기해주세요."

"내가 얘기해주마."

우리의 대화에 끼어든 건 아버지였다. 엄마는 말없이 웃으며 나와 아버지를 번갈아 바라봤다. 아버지는 늘 우리의 모습을 조용히 지켜보고 있다가 엄마가 대답하지 못하거나 부정확한 답을 하면 나서곤 했다. 그럴 때 무심코 바라본 아버지의 얼굴은 무척이나 슬퍼 보였다. 그 슬픔이 어린 나를 향한 것이었는지, 자기 자신 때문이었는지, 아니면 안드로이드 엄마를 향한 것이었는지, 나는 알 수 없었다.

내가 안드로이드 엄마와 언제부터 살았는지는 정확히 기억나지 않는다. 내 기억이 존재하는 순간부터 엄마는 내 곁에 있었다. 그렇지만 유독 선명한 기억이 있다. 유치원에 처음 갔던 날, 친구를 마중 나온 엄마를 보고 나의 엄마와 다르다는 걸 깨달았던 순간이다. 그 엄마들은 아이들의 말에 빠르게 반응했고, 친구의 볼에 소리 나게 뽀뽀를 하기도 했다. 선생님과도 쾌활하게 대화를 나눴다. 나는 현관 옆 기둥에 숨어서 친구들의 엄마가 올 때마다 한참이고 관찰했다.

엄마의 목소리는 그들처럼 다정했지만 피부는 서늘했다. 내 볼에 소리가 나도록 뽀뽀를 해준 적도 없었다.

"엄마! 엄마!"

그날 집에 도착하자마자 나는 엄마를 찾아 뛰어다녔다. 엄마는 이층 내 방에 앉아 책을 읽고 있었다. 나는 엄마에게 달려들어 목을 끌어안고 볼에 입을 맞췄다. 처음 해보는 뽀뽀라 그 엄마들처럼 소리는 나지 않고 엄마의 얼굴에 침만 잔뜩 묻혀놓았다. 엄마는 그저 평소처럼 빙그레 웃으며 말했다.

"제이, 뭐 하는 거예요?"

"엄마, 이건 뽀뽀예요. 사랑하는 사람에게 하는 거래요. 이제 나 유치원 다녀오면 꼭 뽀뽀해줘요!"

엄마는 자신의 볼을 조심스레 만지며 내게 물었다.

"이게 사랑한다는 뜻이에요?"

엄마는 그후로 내가 집에 돌아오면 무릎을 꿇고 앉아 내 볼에 입을 맞췄다. 가끔은 내가 화가 났을 때도 뽀뽀를 했다. 그러면서 "사랑해요"라고 말했다.

나는 엄마의 품이 좋았다. 몸에서 옅게 나는 장미 향을 킁킁 맡고 엄마의 옷에 자꾸만 얼굴을 비벼댔다. 피부에선 따뜻함이 느껴지지 않아도 나를 바라보는 따스한 시선과 다정한 말투, 옷감의 부드러운 감촉에서 안식을 얻을 수 있었다.

조금 더 커서야 엄마가 나와 다른 존재라는 걸 인지하게 되었다. 엄마의 움직임은 어딘가 부자연스러웠고, 복잡한 질문을 받으면 종종 멈춤 상태가 되었다가 한참 후에 대답하기도 했다. 때론 아이인 나보다 더 아이 같은 엉뚱한 질문을 할 때도 있었다. 그즈음 엄마는 어른의 모습이지만 가끔은 친구처럼 느껴질 때도 많았다. 그래도 집에서 유일하게 내 말에 귀기울이는 '어른'이었다. 시시콜콜한 내 얘기에도 고개를 끄덕여줬고 낙담한 날이면 내 등을 토닥이며 위로했다. 한낱 아이에 불과한 나에게 "제이, 용기를 내요"라며 격려를 아끼지 않았다. 엄마는 유일한 내 편이자 지지자였다.

열세 살 겨울, 아버지는 나를 기숙사 학교에 보내기로 결정했다. 그 무렵 엄마는 상태가 좋지 않았다. 의자에 앉은 채 멈춰 있는 시간이 길어졌고, 손에 들고 있던 물건을 놓치기 일쑤였다. 같은 대답을 세 번이나 반복할 때도 있었다. 간단한 집안일도 할 수 없었다. 엄마의 관절은 노후했고, 프로그램 오류도 반복되고 있었다.

무서운 꿈에서 깨어 엄마의 방으로 건너갔던 날, 열린 문틈으로 아버지가 엄마의 옆에 앉아 작업하는 것을 보았다. 엄마는 상의가 벗겨져 있었고 등뒤에는 얇은 선들이 잔뜩 꽂혀 있었다. 아버지는 패널에 무언가를 정신없이 입력하느라 내가 온 걸 알아채지 못했다. 엄마의 텅 빈 동공은 허공을 응시하고 있었다.

그러던 어느 날이었다. 거실에서 창문이 와장창 깨지는 소리가 들렸다. 주방에서 식사를 하던 아버지와 나는 깜짝 놀라 거실로 달려갔다. 그곳엔 엄마가 창문을 바라보며 서 있었다. 엄마는 뭐라 중얼거리고 있었다.

"제이야, 여기서 움직이지 마."

아버지는 나를 제지하고 창문으로 가 떨어진 게 뭔지 확인했다. 조금 전까지 바닥을 물걸레질하고 있던 동글납작한 모양의 청소 로봇이었다. 깨진 창으로 세찬 바람이 불어 들어와 커튼이 발작하듯 펄럭였다. 엄마는 미동도 없이 창문만 바라보고 있었다. 엄마가 낯설게 느껴진 건 그때가 처음이었다. 아버지는 그날 엄마의 전원을 꺼버렸다.

며칠 후 나의 짐들이 기숙사로 보내졌다. 그날 나는 쉽게 잠들지 못했다. 다음날이면 이 집과 엄마를 떠나 기숙사로 가야 했다. 마지막으로 엄마가 보고 싶었다. 작별 인사를 하고 싶었다. 설령 꺼져 있는 엄마일지라도.

방문을 조심스럽게 열고 고양이처럼 살금살금 걸어 이층 끝에 있는 엄마의 방 앞에 도착했다. 방문을 열자, 의자에 앉아 있는 엄마와 고개를 푹 숙인 아버지의 모습이 보였다. 엄마는 전원이 켜진 상태였다. 내 인기척을 느꼈는지 엄마가 일어서서 내게 걸어왔다. 아버지는 그 모습을 불안하게 지켜봤다. 엄마의 움직임은 마치 절뚝이는 사람처럼 기이하고 부자연스러웠다. 관절들이 망가진 탓이었다. 그래도 예전 같은 인자한 표정을 짓고 있어 안심이 됐다.

"엄마……!"

엄마의 표정에는 어떠한 변화도 없었다. 나는 엄마를 향해 양팔을 벌리며 달려갔다. 엄마의 허리를 안으려는 순간 엄마의 두 손이 내 양팔을 잡았다. 놀라서 엄마를 쳐다봤다. 벌어진 엄마의 입에서 작은 소리가 흘러나왔다.

"외부인."

말이 끝나기도 전에 엄마는 나를 순식간에 들어올려 창문 밖으로 내던졌다. 그날 그 방의 풍경이 신기하리만큼 선명하게 기억난다. 엄마 방 천장의 한 귀퉁이가 빗물에 젖어 곰팡이로 얼룩졌다는 것도, 냄새가 창고처럼 퀴퀴했다는 것도 처음 알았다. 방에는 낡은 침대와 작은 옷장이 전부였다. 마치 사진을 찍듯 그것들을 내 눈에 담은 다음 순간, 왼팔에 강한 충격이 느껴지며 날카로운 유리 파편이 얼굴을 할퀴고 지나갔다. 그 뒤로 분노에 찬 아버지의 비명이 멀리 공중으로 흩어졌다. 기억은 전원이 차단된 것처럼 그 순간 멈췄다.

*

나는 홀로 식탁에 앉아 있었다. 불길한 예감에 손바닥에서 땀이 배어 나왔다. 거실에서 무언가 와장창 깨지는 소리가 들렸다. 나는 거실로 뛰어나갔다. 엄마가 거실 중앙에 서 있었다. 엄마를 피해 깨진 창문으로 달려가 밖을 내다봤다. 어둠 속에 사람의 허연 실루엣이 보였다. 나였다. 내가 눈을 감고 누워 있었다. 사지가 산산조각 난 채로. **나도 부서진 거야?**

눈을 떴다. 눈앞에 보이는 링거병과 호스가 꿈속에서처럼 아득하게 느껴졌다. 꿈의 여운이 채 가시기도 전에 온몸의 통증이 현실을 자각시켰다. 마치 누군가 내 신체를 분해했다가 다시 기워놓은 것 같은 고통이었다.

"으윽…… 으아아……"

나도 모르게 입에서 신음이 흘러나왔다. 바이털 사인의 변화 신호음을 듣고 의사와 간호사들이 달려왔다.

"너무 아파요, 너무 아파요."

정신을 차릴 수 없을 정도로 극심한 통증 때문에 흐느끼며 울부짖었다. 의사는 내가 거의 일주일 동안 혼수상태였다고 말했다. 간호사가 오른팔에 바늘을 꽂아넣었다. 진통제 때문인지 잠에 빠져들었다. 꿈이 쏟아졌다.

다시 깨어났을 땐 통증이 진정된 뒤였다. 침대 왼편에 아버지가 앉아 있는 모습이 보였다. 안 그래도 마른 얼굴이 미라처럼 깡말라 있었다.

"제이야."

나는 몸을 일으키기 위해 팔을 움직였다. 그런데 무언가 이상했다. 등줄기를 타고 소름이 오스스 돋았다. 천천히 고개를 돌려 왼쪽 어깨를 내려다봤다. 거기에는 보드랍던 팔 대신 은색 광택이 형형한 로봇 팔이 달려 있었다. 설마 아직 꿈속인가? 왼팔을 들어 손가락을 펼쳐봤다. 손가락 마디 하나하나가 내 의지대로 움직일 때마다 기이한 감각이 몰려들었다. 그제야 어깨에서 신경질적인 통증이 느껴졌다. 나는 비명을 내질렀다.

6

거실 불을 켰다. 박스는 거실 한가운데 덩그러니 놓여 있었다. 크리스마스트리 아래에서 리본을 풀어보며 기뻐했던 어린 내 모습이 떠올랐다. 아버지는 크리스마스만큼은 잊지 않고 선물을 준비해뒀으니까.

거대한 하얀색 박스에 당연히 리본 따위가 감겨 있을 리 없었다. 박스 커버의 한 귀퉁이에 샴하트 로고가 푸른빛을 내며 고요히 깜빡이고 있었다. 박스는 안드로이드의 충전 장치이기도 했다.

들고 있던 가방을 소파에 던져놓고 부엌으로 가서 냉장고 문을 열었다. 술을 한잔 마셔야 집에 돌아온 것 같았다. 하루종일 자잘하게 찾아오는 통증에 시달렸으니. 온갖 종류의 술 중에서 가장 독한 술을 꺼냈다. 오늘은 더더욱 그래야 할 것 같았다.

한 잔 가득 따른 술을 꿀꺽꿀꺽 마신 뒤 잔을 내려놓고 박스를 바라봤다. 로고 불빛이 마치 사람의 심장박동처럼 느리지도 빠르지도 않게 점멸을 반복했다. 박스로 다가갔다. 무릎을 꿇고 앉아 손을 뻗어 로고를 터치했다. 박스 커버가 미끄러지듯 밀려나며 내부가 드러났다. 부드러운 감촉의 하얀색 천에 무언가 싸여 있었다. 그 위로 사람 모양의 실루엣이 드러났다. 크게 심호흡을 했다. 샴하트에 다니면서 많은 안드로이드에 둘러싸여 지냈지만 이렇게 제품으로 받아본 것도, 단둘이 있어본 것도 처음이었다.

하얀 천을 걷어내자 태아처럼 몸을 웅크린 남성형 안드로이드가 누워 있었다. EK 4세대는 지금까지 출시된 안드로이드 모델 중 '가장 인간에 가깝다'고 평가됐다. 여기에는 긍정과 부정의 의미가 모두 담겨 있었다. 인간은 늘 스스로를 정교하게 모방한 존재를 꿈꾸면서도 그것이 가져올 미래에 날을 세우고 있으니까. 인간을 닮게 만들 필요가 있느냐는 비난 여론은 당연히 따라붙었다.

보통 안드로이드 제품의 외형은 구매자의 선호와 구체적

인 요구사항을 기반으로 설계된다. 아마도 내게 온 건 홍보를 위해 특별히 만든 것 중 하나일 터였다. 그렇게 생각한 이유는 단순했다. 눈에 띄게 아름다웠기 때문이다.

떨리는 손으로 도자기 같은 하얀 피부를 쓸어내렸다. 아기 피부처럼 부드럽고 촉촉했다. 체온 조절 기능이 작동하지 않아 서늘했지만 실제 피부에 가깝게 개발된 인공피부 덕에 과거 엄마 몸에서 느꼈던 섬뜩한 냉기는 없었다. 구불거리는 짙은 갈색의 빼곡한 머리칼과 자연스럽게 근육이 자리잡은 팔과 다리, 얼굴선에 비해 다소 뭉툭한 짧은 손톱, 몸을 둥글게 말아 등으로 불거져 나온 척추. 그 모습은 지구에 내팽개쳐져 고단한 하루를 보내고 깊은 잠에 든 천사 같았다.

강아지 털을 쓰다듬을 때처럼 그의 머리를 어루만졌다. 손가락 사이사이로 부드러운 머리칼이 스쳐지나갔다. 다시 한 번 깊게 심호흡했다. 그리고 안드로이드의 목 옆선에서 천천히 깜빡이는 샴하트 로고를 터치했다. 푸른빛이 생명력을 얻은 것처럼 밝게 빛났다. 내 생체정보가 그에게 각인됐을 것이다.

작동과 동시에 안드로이드는 몸을 가볍게 떨었다. 가벼운 꽃향기가 풍겼다. 안드로이드의 피부에서 나는 향이었다. 사람들에게 거부감을 낮추고 테라피 효과를 주기 위해 선택적으로 체취를 내장할 수 있는데 이 안드로이드의 향은 우아하고 화사했다. 잠깐이었지만 잔뜩 곤두섰던 신경이 누그러지는 것 같았다. 박물관의 조각상처럼 하얗던 피부에도 생기가 돌았다. 속눈썹이 천천히 올라갔다. 짙은 갈색 눈동자가 내 눈과 마주쳤다. 크고 쌍꺼풀 없는 눈매는 무심하지만 온순해 보였다. 나는 살짝 소름이 돋는 걸 느꼈다. 안드로이드는 천천히 몸을 일으켜 상자 안에 앉았다. 느리고 조심스러운 움직임이었다.

"반갑습니다. 제이 님."

사무적인 인사였지만 말투에는 기쁨이 서려 있었다. 나는 아무 말도 하지 않고 그저 그를 바라보고만 있었다.

안드로이드는 자신이 누웠던 박스 아래에서 옷을 찾아 꺼내 입었다. 옷깃에 샴하트 로고가 새겨진 하얀색 점프슈트였다. 나도 모르게 옆으로 고개를 돌렸다. 내 '진실의 귀'가 불타오르는 게 느껴졌다. 안드로이드의 몸은 사람의 몸과 구분할 수 없을 정도로 사실적으로 구현돼 있었다. 그의 벗은 몸을 보는 게 부끄러웠다. 물론 안드로이드는 그런 감정이라곤 못 느낄 테지만.

지퍼를 목까지 올린 그는 박스에서 작은 케이스를 주워 내게 건네고 정자세로 미동도 없이 섰다. 케이스 안에는 마인드 패드가 들어 있었다. 샴하트 안드로이드의 심리 상태나 몸체 이상, 실시간 위치 등의 정보를 확인하는 장치다. 나는 마인드 패드를 켜서 기본 정보를 확인했다.

마인드 패드에 기록된 그의 신상은 특별할 게 없었다. 이십칠 세 남, 키 백칠십칠 센티미터, 몸무게 육십칠 킬로그램, 내향적 성격을 베이스로 유머를 추가, 좋아하는 것은 산책과 독서, 요리, 잘하는 것은 글쓰기와 대화. 패드 하단에는 참고 마크와 함께 '샴하트 안드로이드는 생활환경과 이용자의 사용 패턴, 학습 과정에 따라 성격과 선호가 바뀔 수 있습니다'라는 문구가 반짝였다.

누가 해놓은 세팅인지 눈에 보이는 것 같았다. 보나마나 유성운일 것이다. 그나마 다행이라면 외향적이고 바깥 활동을 즐기는 세팅이 아니라는 점. 물론 성향 데이터를 좀더 파헤쳐봐야 알겠지만.

성향 데이터는 구매자의 기본적인 정보가 입력되는 텍스트 기반의 데이터 세트다. 구매자는 제품이 제조되는 동안 샴하트에서 제공하는 일련의 질문에 답하는 과정을 거친다. 여기에 대한 대답을 기반으로 안드로이드의 기본적인 행동 패턴이 결정된다.

공통적으로 무작위의 질문이 주어지는데, 구매자가 원할

경우 심층적인 질문을 추가할 수 있다. 대부분은 기본적인 성향 데이터 세팅에 만족하지만 심층 질문을 추가하는 사람도 적지 않았다. 세상을 떠난 사람을 본떠 안드로이드를 주문한 고객들이었다. 생존했던 사람의 모습을 본뜰 수 있게 된 지는 불과 십 년도 되지 않았다. 2035년 최초로 공표된 〈국제 안드로이드 윤리와 규칙〉에 의거해 과거 생존했거나 현재 살아 있는 사람의 모습을 본뜰 수 없도록 규정했다. 이후 해당 규정이 지나치게 자율성을 침해한다는 반발이 커지자 사망한 지 삼 년이 지난 사람이라면 그 모습을 본떠 만들 수 있도록 개정되었다.

안드로이드와 나 사이에 어색한 정적이 흘렀다. 나는 자리에서 일어나 그와 마주섰다. 홍조를 띤 하얀 피부에 각진 턱선과 짙은 눈썹, 맑은 눈빛. 체구가 크진 않았지만 균형 잡힌 골격을 갖추고 있었다. 홍보용 시제품이니 어련히 외관에 신경써서 만들었을까. 사람이었다면 누가 봐도 설렜을 매력적인 외모였다.

회사 내에도 인간형 안드로이드들이 많이 돌아다녔다. 실제 업무에 투입시켜 인지 능력과 작업 능력을 확인하고 사회 교류 능력을 테스트하기 위해서였다. 그렇지만 나는 업무가 아니라면 굳이 안드로이드와 교류하거나 말을 섞지 않았다.

그들에게 조금의 감정도 느끼고 싶지 않았으니까.

안드로이드는 내가 들을 준비가 되었다고 판단했는지 입을 뗐다.

"저는 유성운 님이 보낸 삼하트 EK 4세대 간병인 안드로이드입니다."

"간병인 안드로이드?"

어이가 없었다. 유성운, 이 무례하기 짝이 없는 놈이 나를 환자 취급하는 건가?

"네, 맞습니다. 제이 님의 심신 건강을 주의깊게 살피고 도와드릴 예정입니다."

'주의깊게'라는 말을 할 때 유독 악센트가 느껴지는 건 내 기분 탓이겠지.

"제이 님."

"왜?"

"제가 제이 님이라 부르길 원하시나요? 원하신다면 계속 그렇게 부르겠습니다."

"제이라고 불러. 그리고 난 환자 아니야. 환자 취급하는 거 딱 질색이고."

"제가 가진 정보에 따르면 제이는 경증 알코올의존증이 있는데요. 지금 술을 드셨군요?"

간병인 안드로이드는 시각 비전 기능을 통해 체온과 혈압, 맥박 등 간단한 신체 정보를 수집한다. 그런데 유성운, 이 겁대가리 없는 놈이 나를 알코올중독자라고 입력한 건가.

"술은 마셨지만 알코올의존증은 아니야. 네가 잘못 알고 있는 거야."

안드로이드는 미소를 지으며 고개를 끄덕거렸다.

"네, 그렇죠. 대부분의 알코올중독자들이 자신은 술을 심하게 마시지 않는다고 합리화하는 부정 단계를 거칩니다."

어렵쇼. 내 반응을 개의치 않고 안드로이드는 다시 눈을 반짝이며 말했다.

"제이, 이제 제 이름도 정해주실래요?"

생각지 못한 말에 머뭇거렸다. 직접 주문한 사람들은 이름을 미리 지어뒀겠지만, 나는 아무 생각도 없이 안드로이드를 구동시킨 거였다.

"이름이라…… 청소봇?"

"청소봇이요?"

그가 천천히 주위를 둘러봤다. 뭐 하나 정돈된 게 없는 엉망진창인 거실이 눈에 들어왔다.

"이름이 제가 해야 할 일을 알려주는 것 같네요. 제이."

안드로이드가 싱긋 웃었다. 저 해맑은 웃음이 비웃음처럼 느껴지는 건 역시 기분 탓인가.

"그럼…… EK?"

"그건 제 제품명입니다."

문득 어릴 적 아버지가 데려왔던 새끼 강아지가 생각났다. 곱슬거리는 갈색 털을 가진, 손바닥보다 작은 크기의 강아지였다. 꼬리를 쉴 새 없이 흔들며 짖어댔는데 귀를 가까이 대고 들어야 겨우 들을 수 있을 만큼 소리가 작았다.

"이름을 뭐라 지을까?"

아버지의 물음에 머릿속이 분주해졌다.

"잠깐만요!"

이층으로 향하는 계단을 뛰어올라가 서재에서 좋아하는 책들을 모조리 꺼내 펼쳤다. 내게 온 이 작은 생명체에게 좋아하는 이야기 속 주인공의 이름을 붙여주고 싶어서. 그렇지만 어떤 이름도 이 강아지의 순수한 귀여움을 표현할 수 없었다. 일층으로 터덜터덜 내려가는데 엄마가 강아지의 짖는 소리를 따라 하는 게 들렸다.

"큔큔! 큔큔큔!"

나와 아버지는 서로 마주보고 웃었다. 우리는 강아지에게 '큔'이라는 이름을 붙여주었다.

큔은 일 년도 지나지 않아 세상을 떠났다. 대부분의 강아지가 뿌리 깊은 유전병으로 일 년도 못 살고 죽었다. 지나친 유전자 조작이 문제였다. 엄마와 나는 작은 몸을 상자에 담아 정원에서 가장 오래된 배롱나무 아래에 묻었다. 배롱나무에는 채 여물지 않은 초록색 꽃봉오리가 잔뜩 맺혀 있었다.

그때 내 마음이 얼마나 깊은 나락으로 떨어졌는지. 이 안드로이드는 아마 모르겠지. 누군가에게 이름을 얻고 단 하나의 존재가 된다는 것의 무게를.

"사람한텐 이름이 무척 중요하거든. 이름을 붙여준 건 쉽게 버리지도 못한다고."

안드로이드와 나 사이에 짧은 정적이 흘렀다. 이번에도 내가 말실수를 한 걸까?

"어떻게 부르든 괜찮아요. 당신이 원하는 거라면."

안드로이드는 다 괜찮다는 얼굴로 다시 미소를 지었다.

"그럼, 큔이라고 부르자. 큔."

"큔?"

"음, 고대어야. 멋지다, 훌륭하다, 이런 뜻?"

안드로이드는 알쏭달쏭한 표정을 지었다. 네게 입력된 데이터에는 큔이란 단어가 존재하지 않겠지. 뭐, 강아지가 짖는 소리였다고 굳이 얘기할 필요는 없으니까.

"제이의 기본 정보와 생활 습관이 제게 입력되어 있지만 정보가 많지 않습니다."

"흠…… 나에 대해 아는 건 뭔데?"

나는 팔짱을 꼈다. 유성운이 과연 나에 대해 뭐라고 응답했을지 궁금했다. 큔은 진지한 표정을 지으며 읊기 시작했다.

"고고학과를 졸업해 석사와 박사를 거쳐 이십팔 세에 대학교수로 임용됐으나, 샴하트 주식회사의 공동 이사로 전직, 현재까지 재직중. 청소와 집안일은 전혀 하지 않고, 습관적으로 음주를 하는 경증의 알코올의존증과 불면증이 있으며 주사가 심함. 친구는 두 명으로 추정되며 연애 경험이 없고 다혈질 성격. 대체로 기분이 좋지 않은 편으로 사고가 단순한데 본인은 모름. 잘생긴 사람을 좋아함, 그리고 어릴……"

"거…… 거기까지!"

순식간에 귀까지 붉어졌다. 대단한데, 유성운. 복수를 이런 식으로 하나? 알코올의존증이라니 같이 퍼마신 사람이 할 소리인가? 잘생긴 사람을 좋아한다고? 설마 본인 이야기는 아니겠지? 헛웃음이 나왔다. 김이 나는 머리를 부여잡고 있는데 큔이 말을 이어갔다.

"제가 가진 제이의 정보는 앞으로 함께 생활하며 더 나아지고 섬세해질 겁니다."

"그래, 다행이네. 나에 대해 엉터리로 알고 있거든."

"그렇군요. 정말 다행이네요."

큔이 웃으며 말했다. 잠깐, 뭐가 다행이라는 거지.

유성운은 엔지니어 특유의 직설적인 면은 있었지만 늘 말에 농담과 걱정과 다정을 섞었다. 그래서 자주 아옹다옹하면서도 밉지 않았다. 때로는 애틋하기도 했다. 큔의 알쏭달쏭한 말투는 유성운을 떠올리게 했다.

"제가 원하지 않는 행동이나 말을 하면 알려주세요. 제 동작을 멈추게 할 때는 '큔, 멈춰요', 제 전원을 차단할 때는 '큔, 잘 자요', 켤 때는 '큔, 일어나요'라고 말해주세요. 저는 계속해서 제이를 학습하고, 제이와 잘 지낼 수 있도록 개선할 거예요."

기본적인 명령은 단순하다. 필요할 때에는 누구라도 안드로이드를 멈추거나 작동할 수 있게 하기 위해서였다. 물론 처음 제품을 구동할 때 생체인식을 한 사람만 절대적 명령권을 가진다. 호기심 많은 아이들이나 나쁜 의도를 가진 사람들이 안드로이드를 위험하게 만들 수도 있기 때문이다.

"제이가 집에 없거나 저와 있길 원하지 않을 땐 박스에 들어가 충전을 진행합니다. 제게 문제가 있어서 당신이 '반환'을 원할 때도 제가 스스로 박스에 들어갈 겁니다."

제품에 하자가 있어 반품되는 안드로이드도 있지만 보증 기간이 끝난 제품은 '로봇 마켓'이라는 중고거래 시장에서 거래되었다. 샴하트의 안드로이드 제품들은 인지 능력이 뛰어난 인간형 안드로이드였기 때문에 타사 제품보다 높은 가격에 팔렸다. 그렇지만 결국 안드로이드도 소모품으로 이루어진 기계였다. 관절이 노후하거나 시스템 성능 저하가 생기면 절차에 따라 폐기되었다.

소모품. 생각이 여기까지 미치자 떠올리기 싫었던 어느 날의 대화가 뇌리를 스치고 지나갔다.

병원에서 퇴원해 집으로 돌아온 직후였다. 엄마 방 창문은 아무 일도 없었던 것처럼 멀쩡했고 엄마의 물건들도 고스란히 남아 있었다. 그러나 그곳에 엄마는 없었다. 나는 어색한 왼팔을 붙잡고 서재로 달려갔다. 아버지는 문을 등진 채 창밖을 바라보고 있었다.

"엄마는 어디에 있어요?"

나의 물음에 한참을 침묵하던 아버지는 등을 돌린 채 말했다.

"폐기됐다."

얼음장처럼 차가운 말투였다. 나는 그날 밤새 울었다. 한 쪽 팔을 잃은 것보다 엄마가 더이상 세상에 없다는 사실이 더 고통스러웠다. 나에겐 엄마였던 존재가 아버지에겐 자동차나 티브이 같은 한낱 소모품에 불과했던 것일까. 다음날 나는 아버지에게 말도 하지 않고 학교 기숙사로 떠났다.

이듬해 봄이었다. 시내를 걷다 대형 빌딩 앞에서 재생되는 광고 홀로그램을 보고 그 자리에서 얼어붙었다. 샴하트의 인간형 안드로이드 EK 1세대의 론칭을 알리는 광고였다. 홀로그램 속에서 안드로이드들이 행복한 미소를 지으며 손짓하고 있었다. 나는 그중에서도 긴 흑갈색 머리를 늘어뜨린 여성형 안드로이드에게서 눈을 떼지 못했다. 엄마를 닮은 듯 닮지 않은 그녀의 미소를 보면서 내 안에서 뭔가가 무너지는 소리를 들었다. 그리고 그날, 마음속으로 다짐했다. 다시는 아버지에게 돌아가지 않겠노라고. 그렇게 기억은 서서히 옅어졌고 길에서 안드로이드를 만나도 아무렇지 않은 척 지나치며 살 수 있게 되었다.

다시 엄마를 떠올린 건 대학에서 심리학 수업을 들었을 때였다. '애착'을 주제로 한 강의였는데 심리학자 해리 할로의 붉은털원숭이 실험을 예시로 다뤘다. 연구원들은 철사로 만든 원숭이 두 개 중 하나에는 젖병을 달아놓고, 하나에는 부드러운 천을 입힌 뒤 아기 붉은털원숭이가 있는 상자 안에 설치했다. 우유가 나오는 철사 원숭이에 매달릴 거란 모두의 예상과 달리, 아기 원숭이는 부드러운 천을 입힌 철사 원숭이에게 매달렸다. 그러고는 떨어지지 않았다. 송곳으로 찔러도, 차가운 물을 끼얹어도 기어코 매달려 있었다.

붉은털원숭이가 어린 시절의 나 같았다. 젖이 나오지도, 따스한 온기를 느낄 수도 없었지만 얼굴을 비비고 안길 수 있는 부드러운 품을 내어주었던 안드로이드 엄마. 거기에 필사적으로 매달려 있던 나. 그리고 그런 우리를 관찰했던 아버지.

별안간 쏟아진 기억들 때문에 복잡한 표정을 짓고 있자 큔이 고개를 갸우뚱했다.

"제이, 괜찮으신가요? 도움이 필요하다면 말씀하세요."

큔을 바라봤다. 저 안드로이드 역시 아버지가 만든 것이었다. 내게서 가장 소중한 것을 가져간 자가 다른 사람들의 외로움과 고통을 덜어주겠다며 만든 위선의 창작물. 잠깐이나마 작은 흥분으로 달떴던 마음이 싸늘하게 식었다. 나는 큔에게서 고개를 돌렸다.

"네가 해줄 일은 없어."

거칠게 토막 낸 얼음들이 입에서 툭툭 떨어졌다.

7

"좋은 아침입니다!"

제이슨이 커피가 든 텀블러를 들고 사무실로 경쾌하게 들어섰다. 그런 그를 바라보는 사람들의 표정엔 안타까움과 공포가 뒤섞여 있었다. 제이슨은 여전히 웃는 얼굴로 자신의 자리로 걸어가며 사람들에게 물었다.

"무슨 일 있어요? 악, 엄마야……"

물론 이유가 있었다. 내가 제이슨의 자리에서 다리를 꼬고 앉아 그의 출근을 기다리고 있었으니까.

"제이 이사님, 왜 제 자리에서……"

"왜 왔겠어요, 제이슨. 제이슨과 유성운 이사의 배려에 감사를 표하려고 왔죠."

"무슨 말씀이신지…… 저, 저는 아무것도……!"

제이슨이 손사래를 치며 유성운의 사무실을 바라보자 사무실 유리벽이 불투명하게 변했다.

"아, 유 이사님……"

나는 상냥한 미소를 지으며 말했다.

“자, 제 사무실로 갈까요? 아, 엔지니어용 EK 마인드 패드도 들고 와요. 우리 둘이 할 일이 많으니까.”

*

“제이슨, 당신 대장한테 전해요. 내가 경영진으로서 책임감을 가지고 안드로이드를 성심성의껏 써보긴 할 텐데, 감히 내 사생활을 침범할 생각은 말라고. 그 안드로이드, 회사 서버 접속 차단해두세요. 알겠어요?”

“제이 이사님, 무슨 말씀을 그렇게 하세요. 저희가 왜 이사님 사생활을 침범해요. 뭔가 단단히 착각하고 계신데 이사님 사생활에 아무도 관심 없어요.”

“그럼 갑자기 왜 안드로이드를 보낸 거죠? 게다가 왜 하필 간병인 안드로이드지? 내가 환자인가요? 두 사람 저를 지금 환자 취급하는 거죠?”

“어휴, 무슨 말씀을 그렇게 하세요. 간병인 안드로이드 제품이 제일 활용도가 높은 거 아시잖아요. 힘도 세고요. 제이 이사님이 술 취해서 아무데서나 퍼질러 자면 걔가 이사님 번쩍 들어서 옮길 수도 있다고 유 이사님이……”

나는 싸늘한 미소를 지으며 제이슨에게 계속해보라고 손

짓했다. 제이슨이 입을 꾹 다물었다.

"그 안드로이드, 무슨 데이터가 들어갔는지 확인해봐야겠어요."

"데…… 데이터요?"

"나에 대해 잘 안다는 듯이 말하던데요?"

"이십대 남성형 안드로이드 기본 성향에 유 이사님이 응답하신 성향 데이터와 제이 이사님 신상 정보가 조금 들어갔을 거예요. 그것도 없으면 안드로이드가 완전 맹탕이라 제이 이사님 답답해서 폭발하실 것 같다고. 아시잖아요, 사용자나 주변인 기억이 없으면 학습하는 데 너무 오래 걸리는 거."

"얼마나 들어갔는데요?"

"그거야 유 이사님한테 물어보셔야죠. 직접 테스트하고 입력하셨는데."

유성운이 있는 건너편 사무실을 노려봤다. 어느새 유리벽은 투명해져 유성운이 한눈에 보였다. 그는 우리 쪽을 향해 손 키스를 날렸다. 실소가 나왔다.

"놀라워. 어떻게 사람이 저렇게 변하지?"

유성운을 만난 건 중학생 때였다. 당시 아이들 사이에선 내가 정신병원을 탈출하려고 창문에서 뛰어내려 팔을 다친 거라는 소문이 돌았다. 텅 빈 눈으로 교실과 기숙사를 오가는 나를 정신이 온전치 않은 애로 생각한 모양이었다. 엄마를 잃고 가출하다시피 기숙사로 들어온 직후라 아이들의 수군거림은 귀에 들리지도 않았다. 오히려 그런 반응이 마음 편했다. 여름에도 하복 아래로 보란듯이 은색 인공의체를 드러내고 다녔다. 사람들이 걱정하는 척 다가오는 것보다 무서워하며 피하는 편이 차라리 나았다.

유성운의 처지도 나와 다를 게 없었다. 그때도 유성운은 로봇에 미쳐 있었다. 이해할 수 없는 이론이나 인공지능 윤리 같은 고차원적인 얘기를 늘어놓는 괴짜를 선생님 외에는 아무도 좋아하지 않았다. 아이들의 따돌림을 개의치 않는 나와 달리 유성운은 점점 말수가 줄어갔다.

중학교 일 학년 여름의 일이었다. 수업이 끝난 뒤, 나무 그늘을 따라 기숙사로 천천히 걸어가고 있었다. 뒤에서 내 이름을 부르는 소리가 들렸다.

“신제이!”

고개를 돌려 소리 나는 쪽을 봤다. 유성운이었다. 멀리서부터 달려왔는지 허리를 숙인 채 숨을 헐떡이고 있었다. 나는 말을 섞고 싶지 않아 걸음을 재촉했다. 유성운은 끈질기게 내 뒤꽁무니를 쫓아오며 소리쳤다.

"신제이! 애들이 널, 뭐라고, 부르는지 알아?"

나는 발걸음을 멈췄다.

"뭐라고 부르는데?"

"로봇."

나는 유성운의 얼굴을 빤히 쳐다봤다. 그 말을 하는 유성운의 표정은 머리 위로 울려 퍼지고 있던 매미 울음소리만큼이나 천진해, 조롱인지 아닌지 분간이 되지 않았다. 아이들이 나를 로봇으로 느끼는 건 당연했다. 한쪽 팔은 인공의체인데다 안드로이드 엄마의 손에 자라 감정 표현에 서툴렀으니까. 그리고 감정이 없는 사람이 되길 마음속 깊이 기도해왔으니까.

"근데 말야, 나는 네가 로봇 같아서 좋아. 진짜로."

나는 유성운을 잠시 노려본 뒤 다시 가던 길을 갔다. 뒤에서 유성운이 외치는 소리가 들렸다.

"그래서 말인데, 로봇 팔 한 번만 만져보면 안 될까? 제발!"

그때는 로봇 같다는 말이 칭찬인지 욕인지 알 수 없어 화를 낼 수도 없었다. 그렇지만 우리는 서로의 유별남을 개의치 않은 덕에 그날 이후로 친구가 됐다. 외톨이는 어떤 식으로든 통하는 법이니까.

훗날 유성운은 이렇게 말했다. 아이들이 따돌리고 미워

해도 표정 하나 바꾸지 않는 내가 멋있어 보였다고. 그런 담대한 마음은 로봇이나 가능한 줄 알았다고. 유성운은 상처를 받으면 쉽게 털어내지 못하는 아이였다. 나는 그에게 내가 겪은 일들을 털어놓았다. 안드로이드 엄마와 왼팔을 잃은 일, 그리고 아버지에 관한 이야기까지도. 열여섯 살이 되었을 때 로봇을 좋아했던 괴짜 소년은 대학교 특례 입학이 결정되었다.

12월이 되자 졸업반 학생들은 기숙사에서 대부분 퇴소했지만 갈 곳이 없던 나는 여전히 내 방에 남아 있었다. 어느 날 저녁, 퇴소를 앞두고 있던 유성운이 기숙사 밖으로 나를 불러냈다. 추위 속에서 발을 동동 구르는 그의 입에선 뽀얀 입김이 새어 나왔다.

"그동안 고마웠다고 인사하려고 왔어. 네가 있어서 그럭저럭 버틸 만했거든. 편견이 없는 사람이라서 좋았어. 로봇같이 말이야."

그땐 유성운의 마지막 말이 무슨 의미인지 단박에 알았다. 내가 진심으로 좋았다는 뜻이었다. 나는 입고 있던 코트를 벗어 바닥에 내려뒀다. 그리고 왼쪽 옷소매를 어깨까지 돌돌 말아 올린 뒤 왼팔을 유성운에게 내밀었다. 유성운은 갑작스러운 내 행동에 놀라지도 않고 자연스럽게 두 손을 들어 내 인공의체를 조심스레 어루만졌다. 그것 역시 내 진심이었다.

그후로 우리는 서로 연락을 하지 않았다. 몇 년 후 나는 뉴스를 통해 그의 소식을 들을 수 있었다. 불과 십구 세의 나이로 촉망받는 로봇 공학자가 되었다는 것과 이십육 세에 샴하트의 이사로 초고속 승진했다는 것. 그런 그가 대학 연구실로 찾아왔을 때 조금 놀랐지만 진심으로 반가웠다. 십여 년 만이었다.

"미치광이 과학자가 될 줄 알았는데, 용케 멀쩡해졌네."

"까칠한 로봇 신제이가 사람을 가르치는 교수라니, 의외야."

우리는 친근하게 악담을 주고받은 후 활짝 웃었다. 근황을 얘기하는 유성운에게선 의기소침했던 중학생 시절의 모습은 온데간데없었고, 뻔뻔해 보일 정도로 자신감이 넘쳤다. 훤칠한 키에 양복을 갖춰 입은 모습도 꽤 근사했다. 물론 내게 샴하트 이사직 얘기를 꺼내놓기 전까지만.

중학생 유성운에겐 없던 뻔뻔함과 능글맞음이 어디서 왔을까 몹시 궁금해하는 사이, 내 눈치를 살피던 제이슨이 뒷걸음질로 사무실을 빠져나갔다. 의자에 기대앉아 엔지니어용 EK 마인드 패드로 큔의 계정을 열었다. 샅샅이 뒤져봐도 제이슨의 말처럼 특별한 점은 없었다.

"기술자놈들. 한 번만 더 날 갖고 장난쳐봐. 가만두지 않을 거야."

8

짐승도 자신을 싫어하는 사람은 알아챈다. 의식을 가진 모든 것들이 그렇다. 큔도 그랬다. 처음에는 새끼 강아지처럼 꼬리를 치며 다가왔지만 무시가 거듭되자 나와 가까워지길 포기한 듯 보였다. 집에 들어가면 다가와서 인사를 건넸지만 필요 이상의 친밀감을 드러내진 않았다. 이따금 소파에 앉아 술을 마실 때면 큔의 시선을 느낄 수 있었다. 정략결혼을 한 남녀가 합가와 동시에 별거를 시작한 것처럼, 불편한 동거가 이어지고 있었다.

한편으론, 호스트와 안드로이드의 이런 관계가 안드로이드에게 어떤 영향을 미칠지 궁금하기도 했다. 인간에 대해 호의를 갖고 행동하도록 만든 안드로이드의 기본 설정도 변할까? 무시와 무관심이 사람의 마음을 멍들게 하는 것처럼, 안드로이드의 마음에도 미움과 좌절의 감정을 생성할 수 있을까?

큔은 나와의 관계 형성을 위해 더이상 애쓰지 않았다. 대신 주변을 조금씩 바꿔나갔다. 거실에 방치되어 있던 쓰레기와 잡동사니들이 하나둘 사라졌고, 어느 날은 레일이 고장나 닫히지 않던 주방 창문이 고쳐져 있었다. 베개는 볕에 잘 말라 바스락거렸고 화사한 꽃향기가 살포시 느껴졌다. 분명 큔을 구동했을 때 맡았던 향이었다. 나는 베갯잇에 얼굴을 비비다 잠에 들곤 했다. 엄마의 품에 한참이고 얼굴을 묻고 비볐던 어느 날처럼.

큔은 주도면밀했다. 처음에는 느끼지 못할 정도의 작은 변화였으니까. 내가 청소 정도는 허용한다고 확신한 것일까. 조금씩 조금씩, 서서히 나를 둘러싼 것들을 바꿔나갔다.

그게, 싫지만은 않았다.

*

회사는 전과 다름없이 평온한 듯 보였다. 아니, 모든 지표가 가시적으로 높은 성과를 기록하고 있었다. 매출은 역대 최고치였고, 소비자의 안드로이드 만족도도 5대 브랜드 중 가장 높았다. 그러나 나와 유성운은 웃을 수가 없었다. 최근 들어 인간형 안드로이드 실종 신고가 늘고 있었다. 치매를 앓는 호스트를 산책시키던 안드로이드가 갑자기 사라지거나, 외부로 심부름을 보냈던 안드로이드가 집으로 돌아오지 않았다. 마당에서 놀던 유아형 안드로이드가 자취를 감추는 일도 있었다.

"정말 이상하단 말이야."

유성운이 미간을 찌푸렸다. 우리 두 사람은 자정이 넘은 시각까지 실종된 안드로이드들의 마지막 영상을 하나하나 확인하고 있었다.

"뭐가?"

"이 안드로이드들. 어떻게 죄다 같은 패턴이지? 위협하거나 완력을 사용해 데려가는 모습을 본 사람은 하나도 없었어. 모두 안드로이드가 순순히 따라갔다고 했지."

서버로 전송된 안드로이드의 마지막 기록 영상은 하나같이 "저기요"라고 부르는 목소리와 함께 끝났다. 목소리의 주인은 남자일 때도 있었고 여자일 때도 있었다. 우리는 해커가 동원됐을 것이라 추측했지만, 어떻게 손도 대지 않고 서버를 차단하고 행동을 통제할 수 있었는지 알 수 없었다. 게다가 전원을 켜고 끌 수 있는 건 호스트밖에 없었다.

"언론도 조용해. 단 한 건의 실종도 다루지 않았어."

나는 많은 영상들 사이에서 '태희, 육 세, 여'라는 글자가 깜빡이는 영상을 가만히 바라봤다. 작은 손이 노란색 삽으로 흙을 푸고 있었다. 태희는 세상을 먼저 떠난 아이의 모습을 본떠 만든 안드로이드였다. 태희의 호스트인 부부는 미친 사람들처럼 사방으로 안드로이드를 찾고 있었다. 그러나 단서가 될 만한 작은 흔적조차 없었다. 마인드 패드에도 실종 장소를 마지막으로 안드로이드의 위치 기록이 업데이트되지 않았다.

목격자들의 말에 따르면, 어떤 사람이 안드로이드에게 '잠깐의 도움'을 요청했고, 안드로이드는 순순히 따라갔다고 한다. 그렇게 사라진 샴하트 안드로이드는 현재까지 모두 열여덟 대. 다른 네 곳의 회사들도 같은 일을 겪고 있다면 인간형 안드로이드를 대상으로 한 납치 범죄는 심각한 수준이 분명했다.

안드로이드 실종 수사 협력을 위해 경찰 인력이 우리 회사로 파견된 상태였다. 우리가 이 일을 심각하게 여기는 이유는 단순히 샴하트 안드로이드가 포함돼 있어서만은 아니었다. 그동안 안드로이드 증오 범죄는 적잖이 일어났지만 이렇게 많은 수의 안드로이드가 이 주도 안 되는 짧은 기간에 집단적으로 사라진 건 처음이었다. 게다가 이상하리만치 납치의 흔적이 없었다. 마치 그 순간 현장에 존재하는 모든 것들이 동조하고 묵인한 것처럼. 장기간 준비한 게 틀림없는 목적성이 짙은 범행이었다. 영상을 보는 내내 집에 혼자 있을 큔이 생각나 마음 한구석이 편치 않았다.

아무 성과도 없이 대책 회의를 마치고 새벽에야 집에 도착했다. 녹초가 된 몸으로 터덜터덜 이층으로 향했다. 계단을 오르려다 말고 발길을 멈췄다. 큔이 잘 있는지 확인해야 할 것 같았다. 몸을 돌려 주방 쪽으로 향했다.

큔을 깨운 첫날, 그에게 내준 방은 안 쓰는 물건들을 아무렇게나 쌓아둔 창고였다. 방문을 살짝 열고 방안을 둘러봤다. 허옇던 먼지는 사라지고 물건들도 가지런히 정리되어 있었지만 여전히 짐이 많았다. 큔의 충전 박스는 짐에 치여 지나다니기도 힘든 구석자리에 놓여 있었다. 박스 커버에서 푸른색 불빛이 천천히 깜빡였다. 커버를 열었다. 큔의 하얀 얼굴과 평온하게 감은 눈이 보였다. 나도 모르게 한숨이 나왔다. 큔의 하얀 목덜미에서 푸른빛이 깜빡였다. 손을 뻗어 손바닥으로 빛을 가렸다. 그 빛이 처음으로 위태로워 보였다.

방문을 가만히 닫고 돌아서는데 헛웃음이 피식 나왔다. 사람의 마음이란 참 이상하지. 왜 외면하려 애쓸수록 모든 신경이 그리로 곤두서는 걸까.

물먹은 솜 같은 몸을 이끌고 이층 계단을 올라 내 방문을 열었다. 그리고 이내 무언가 달라졌음을 느꼈다. 커튼으로 가려 낮에도 어두컴컴했던 방에 은은한 달빛이 한가득 쏟아지고 있었다. 커튼은 소녀의 양 갈래머리처럼 예쁘장하게 묶여 있었고, 유리창은 얼룩 하나 없이 말끔했다.

나는 창으로 다가갔다. 언젠가 이렇게 둥글고 커다란 달을 본 적이 있었다. 어린 시절 내 방 창문에서였다. 안드로이드 엄마는 늘 모든 창을 깨끗이 닦아두었다. 왜 깨끗한 창을 매일 닦느냐는 질문에 엄마는 이렇게 대답했다.

"그래야 달이 깨끗하게 보이거든요."

엄마는 달이 잘 보이는 날이면 나를 옆에 앉히고 함께 달을 봤다. 보름달이 뜬 날엔 오래도록 달을 보는 엄마의 옆에서 잠을 못 이기고 꾸벅꾸벅 졸기도 했다.

침대에 옆으로 누워 팔베개를 하고 달을 바라봤다. 방에선 우아한 향기가 여리게 났다. 향을 더 선명하게 느끼고 싶어 숨을 몇 번이고 깊게 들이마셨다. 날카롭던 신경이 누그러지고 무거운 잠이 내 눈꺼풀을 끌어내렸다. 속절없이 잠에 빠져드는 와중에도 그런 생각이 들었다. 아, 그때 엄마는 달을 좋아했구나. 깨달음은 왜 늘 늦게 도착할까. 알았다면 좀더 자주 함께 달을 봤을 텐데.

얼마나 지났을까. 누군가 나를 조심스레 들어올려 침대에 바로 눕혔다. 실내화를 벗기고, 팔을 조심스럽게 들어 몸 양

옆에 바르게 놓고, 이불을 목까지 덮어주었다. 이불 위로 토닥거리는 손길이 느껴졌다. 어린 시절로 돌아간 것 같았다. 새벽마다 방에 들어와 내가 잠결에 걷어찬 이불을 목 아래까지 덮어주던 안드로이드 엄마. 내가 그리도 갈망하던 꽃향기가 바로 코앞에서 선명하게 아른거렸다. 손을 뻗어 향기가 사라지지 않게 붙들고 싶었지만 잠에 취해 새끼손가락조차 움직일 수 없었다. 내 영혼은 동그란 눈덩이가 되어 달콤한 잠 속으로 데굴데굴 굴러떨어졌다.

9

일이 손에 잡히지 않았다. 유리벽 너머로 남자 직원들이 입은 옷을 곁눈질로 훔쳐보고 있었다. 저 옷은 별로고, 저 옷은 큔에게 어울리지 않아, 저 옷은…… 그때 칙칙한 남색 체크무늬 셔츠가 내 시야를 막아섰다. 제이슨이 흥미로운 표정을 지으며 나를 바라보고 있었다. 그러더니 문을 열고 성큼성큼 걸어들어왔다.

"제이 이사님, 뭐 하세요?"

"왜 그게 궁금한 거죠?"

나는 팔짱을 끼고 방어 태세를 취했다. 제이슨은 태연하게 질문을 쏟아내며 사람을 무장 해제 시키는 능력이 있었다.

"아아, 저는 이사님의 사생활에 전혀 관심이 없습니다만, 오늘은 유독 남자 직원들을 관찰하시는 눈치라서요. 그리고 지금 귀가 엄청 빨개지셨어요."

제이슨이 손가락으로 내 귀를 가리켰다. 나는 얼른 귀 뒤로 넘겼던 머리를 풀어 귀를 가렸다.

"제이슨은 궁금한 걸 못 참는 면이 참 흥미로워요. 내가 아는 어떤 사람을 닮기도 했고."

제이슨은 눈알을 굴리더니 잘난 척하는 말투로 말했다.

"그게 제가 이 회사의 수석 엔지니어가 된 비결이죠."

이쯤 되니 유성운과 형제가 아닌가 의심이 들 지경이었지만 그만뒀다.

"제이슨."

"네?"

"그 옷, 어디서 샀어요?"

"네?"

제이슨이 손끝으로 자신의 옷을 살짝 집어 올리며 나를 의아한 표정으로 쳐다봤다.

*

무버는 허름해 보이는 대형 건물 앞에 멈춰 섰다. 그 옆으로 폐업한 지 오래돼 허물어지기 직전의 상가 건물들이 늘어서 있었다. 을씨년스러운 풍경이었다.

"제 옷은 흔하디흔한 쇼핑 앱으로 구매할 수 있는 그런 평범하기 짝이 없는 옷이 아니에요. 아무에게나 알려주지 않는 곳인데. 이사님께만 특별히 알려드릴게요."

제이슨이 대단한 비밀인 듯 장황하게 설명한 곳은 백화점이었다. 백화점이 사라진 건 불과 십 년 전의 일이다. 삼차 팬데믹으로 봉쇄 조치가 내려졌을 때 백화점들은 결국 폐업을 선언했다. 나 역시 태어나서 한 번도 백화점에 가볼 기회가 없었지만 어떤 장소인지는 대강 알고 있었다. 쇼핑이 오프라인에서 온라인으로 완전히 옮겨간 것은 그보다 전인 이차 팬데믹 시기라 파장이 크진 않았지만, 오프라인 쇼핑을 대표하던 백화점이 사라진 것은 한 시대에 안녕을 고하는 상징적인 사건이었다. 괴짜 재벌들은 매각이 어려운 백화점 건물을 헐값에 사들여 일종의 테마파크로 만들었다. 그리고 간단하게나마 쇼핑의 기능을 남겨두었다. 어느 시대건 과거의 방식을 그리워하는 사람들이 있는 법이니까.

에스컬레이터를 타고 남성복 매장이 위치한 삼층으로 올라갔다. 백화점의 외관은 낡았지만 내부는 잘 관리된 듯 밝고 깨끗했다. 매장 곳곳에는 눈, 코, 입이 없는 마네킹들이 우아한 자세로 화려한 옷을 뽐내며 서 있었다. 기괴한 풍경이었다. 사람들은 저 순백의 얼굴에 자신의 얼굴을 넣고 상상했던 것일까? 백화점 내부는 한산했다. 바퀴가 달린 서비스 로봇들만 물건을 들고 가끔 주위를 오갔다.

정처 없이 걸음을 옮기다 젊은 남녀가 쇼핑을 하고 있는 매장으로 들어갔다. 남자 옷은 한 번도 사본 적이 없던 터라 다른 사람들은 어떤 옷을 사는지 엿보고 싶었다. 슬쩍 본 여자의 얼굴엔 행복한 미소가 가득했다. 남자의 몸에 옷을 대보기도 하고, 입어보라 권하기도 했다. 연인이겠지? 슬며시 웃음이 났다. 데이트 장소로 괜찮은 곳이군. 남자가 옷을 입어보기 위해 재킷을 벗었다. 목덜미에 하얀색 불빛이 반짝였다. 샴하트와 같은 인간형 안드로이드 제조사 소프트셀의 로고였다. 나는 전기라도 통한 것처럼 화들짝 놀라 시선을 옷으로 떨궜다.

다시 고개를 들었을 땐, 여자는 보이지 않고 안드로이드만 거울로 옷매무새를 살피고 있었다. 나는 새 옷을 입어보며 거울 속 자신을 바라보는 큔을 상상했다. 큔이 내가 고른 옷을 좋아할까? 나는 그의 뒷모습을 쳐다보다 다시 고개를 숙이고 옷 고르기에 집중했다. 그때였다.

"저기요."

건조한 중저음의 여자 목소리. 몇 번이고 반복해서 들어 귀에 익은 목소리였다. 멀리서 들려온 소리였지만 내 귀에 대고 속삭인 것처럼 선명하고 또렷했다. 불길한 예감에 소름이 돋았다. 천천히 고개를 들어 안드로이드 쪽을 바라봤다. 짧은 단발머리의 여자와 검은 모자를 쓴 남자가 안드로이드 앞에 서 있었다.

"우리 좀 도와줄래요?"

거울에 비친 안드로이드의 눈동자가 똑똑히 보였다. 복잡한 코드가 안드로이드의 눈을 뒤덮고 있었다. 에러를 일으킨 건가? 그때 안드로이드가 두 사람을 따라 움직이기 시작했다. 나는 들고 있던 옷가지를 바닥에 내던지고 그리로 뛰어갔다.

"멈춰!"

안드로이드의 손목을 낚아채자 안드로이드는 동작을 멈췄다. 단발머리 여자가 말했다.

"무슨 일이시죠?"

"이 안드로이드는 제 일행이에요. 호스트가 잠깐 자리를 비운 건데, 이렇게 함부로 데려가면 안 되죠."

나는 화를 내는 척했지만, 두려움에 목소리가 떨리는 건 막을 수 없었다. 단발머리의 여자가 나를 노려봤다. 무거운 정적이 흘렀다. 모자를 쓴 남자는 어쩔 줄 몰라 하며 머리를 숙인 채 손으로 입가를 매만져댔다. 여자는 곧 싱긋 웃으며 말했다.

"무거운 물건을 옮겨야 해서 도움을 청하려던 거였어요. 제 생각이 짧았네요. 가자."

두 사람은 그길로 에스컬레이터를 타고 아래층으로 사라졌다. 심장이 너무 빠르게 뛰어서 당장이라도 터질 것 같았다. 안드로이드를 쳐다봤다. 어느새 복잡한 코드가 사라지고 원래의 잿빛 눈으로 돌아와 있었다.

"무슨 일……이시죠?"

뒤를 돌아봤다. 안드로이드의 호스트였다. 여자는 나와 안드로이드를 의아하게 쳐다보고 있었다. 내 손은 여전히 안드로이드의 손목을 꾹 쥔 채였다. 안드로이드는 무슨 일이 있었냐는 듯 평온한 얼굴로 나를 응시했다. 손이 주체할 수 없이 덜덜 떨려왔다.

*

문을 열고 집안으로 들어갔다. 어떻게 옷을 사고 나온지도 기억나지 않았다. 혹시라도 그들이 쫓아올까봐 무버 안에서도 내내 신경이 곤두서 있었다. 다행히 뒤를 따라오는 움직임은 없었다.

옷이 든 봉투를 내려놓고 소파에 털썩 주저앉았다. 그 안드로이드의 기록에서 조그만 단서라도 얻을 수 있을지 몰라 호스트에게 자초지종을 설명하고 연락처를 물었지만 거절당했다. 안드로이드가 실종되고 있다는 뉴스가 보도된 적이 없으니, 내가 하는 말이 거짓말 같았을 것이다. 무엇보다 안드로이드가 직전에 무슨 일이 벌어졌는지 기억해내지 못했다. 여자는 오히려 나를 의심하는 눈초리였다. 결국 아무런 소득도 얻지 못했다. 그래도 정신을 부여잡고 큔의 목을 가릴 옷을 몇 벌 골랐다.

그들은 오비시디였을까? 그들이 누구이건 안드로이드 사냥이 끝나지 않은 게 분명했다.

집안은 고요했다. 별안간 그 고요가 견딜 수 없이 불편했다. 나는 벌떡 일어나 큔의 방으로 갔다. 박스는 열린 채였고 큔은 없었다. 이층 계단을 뛰어올라갔다. 내 방은 깔끔하게 정리돼 있었고, 역시 아무도 없었다.

"큔? 큔!"

이층 난간에서 큔을 불렀지만 아무런 대답도 돌아오지 않았다. 코드로 뒤덮인 새카만 눈동자가 번뜩 떠올랐다. 단발머리 여자의 서늘했던 눈빛도. 서둘러 큔의 방으로 가 박스에서 마인드 패드를 꺼냈다. 큔의 위치를 확인하려고 했지만 '위치 추적이 되지 않습니다'라는 텍스트가 떴다. 회사 서버의 접속을 차단하면서 위치 추적도 중단시켰던 게 생각났다. 욕이 치밀었다.

"출입문 기록 보여줘."

눈앞에 현관 영상이 펼쳐졌다. 손을 저어 시간을 앞으로 되돌렸다. 두 시간 전, 현관 계단을 내려가는 큔이 보였다. 백화점에서 수상한 사람들이 안드로이드를 납치하려고 했던 바로 그 시간대였다. 영상에는 큔의 뒤통수만 보여 눈동자를 확인할 수 없었다.

외투를 되는 대로 걸쳐 입고 현관을 나섰다. 계단을 허겁지겁 뛰어 내려가는데 그만 발목이 뒤틀리며 계단에서 구르고 말았다. 바지 무릎이 찢어지고 피가 비쳤다. 고작 네 개밖에 되지 않는 계단에서, 하필 이럴 때. 눈물이 핑 돌았다. 그때 누군가의 그림자가 내 위로 드리워졌다.

"제이?"

큔이었다. 그는 물건이 담긴 갈색 봉투를 안고 있었다. 목덜미의 푸른색 로고가 훤히 보이는 하얀색 점프슈트를 입은 채로.

"대체 어딜 갔다 온 거야!"

안도감이 몰려옴과 동시에 화가 치솟았다. 일어나서 큔에게 가려고 했지만 다시 주저앉았다. 발목이 시큰거려 힘을 줄 수 없었다.

"앉아 있어요. 제가 옮겨줄게요."

큔이 봉투를 계단에 내려놓고, 나를 양팔로 들어올렸다. 당황스러움도 잠시, 따스한 온기와 꽃향기가 한가득 몰려오자 활시위처럼 팽팽하던 긴장이 탁 풀리면서 눈물이 왈칵 쏟아졌다. 나는 아이처럼 엉엉 울고 말았다.

*

움직이는 에스컬레이터에 서 있었다. 에스컬레이터는 끝도 없이 올라가고 있었다. 이러다 낭떠러지에서 멈추는 게 아닐까? 에스컬레이터를 걸어 오르기 시작했다. 마침 앞에 남자와 여자가 서 있는 게 보였다. 다행이다, 라는 생각이 들찰나, 두 사람이 나를 바라봤다. 단발머리 여자와 모자를 쓴 남자였다. 심장이 쿵 하고 내려앉았다. 그 앞에 또 한 사람이 서 있었다. 큔이었다. 코드로 뒤덮여 새카맣게 변한 큔의 눈동자가 보였다. 여자가 차가운 미소를 내게 지어 보이며 큔의 손목을 잡았다. 검은색 모자 아래로 남자의 얼굴이 보였다. 마네킹처럼 이목구비가 없는 허연 얼굴이었다. 나는 큔을 부르려 했지만 목소리가 나오지 않았다. 몸이 보이지 않는 무언가에 결박된 것처럼 조금도 움직일 수 없었다. 내가 소리를 지르려 끙끙대는 사이, 큔과 나 사이의 계단이 점점 늘어나 걷잡을 수 없이 멀어져갔다. 어디선가 나지막한 목소리가 들렸다.

"제이. 모두 꿈이에요. 이제 일어나세요."

내 몸을 꽁꽁 옭아매던 무언가가 사람들의 얼굴과 함께 스르륵 사라졌다. 몸이 물속에서 둥실 떠오르는 느낌이었다. 눈을 떴다. 큔이 나를 가만히 내려다보고 있었다. 내 손을 잡은 채로. 큔의 손은 크고 따뜻했다. 그 부드러운 감촉 덕분에 악몽의 한기가 가시는 것 같았다. 그의 손을 끌어당겨, 얼굴을 묻고 한껏 울고 싶었다. 그렇지만 힘겹게 큔의 손을 밀어냈다.

"내 몸에 손대지 마. 나가."

큔에게서 돌아누웠다.

"제이, 식사를 준비했어요. 내려와서 조금이라도 먹어요."

등뒤로 발걸음 소리가 멀어지면서 조심스럽게 문이 닫혔다. 자리에서 일어나 앉았다. 퉁퉁 부은 왼발 옆에 수건과 얼음주머니가 놓여 있었다.

*

계단을 내려가려다 멈칫했다. 통증 때문에 발을 내딛는 게 고통스러웠다. 주방에서 나온 큔이 나를 올려다봤다.

"도와줄까요?"

"됐어."

큔은 싱긋 웃더니 다시 주방으로 돌아갔다. 나는 난간을 붙잡고 절뚝거리며 계단을 내려갔다.

주방에서 그럴싸한 음식 냄새가 났다. 큔은 등을 돌린 채 주걱으로 냄비 안을 젓고 있었다. 내가 사 온 갈색 터틀넥 스웨터를 입은 채였다. 목의 푸른 불빛은 더이상 보이지 않았다.

"뭐 하는 거야?"

"채소죽을 만들고 있어요."

식료품 봉투가 바닥에 내려져 있었다.

"돈이 어디서 나서?"

"제 크레딧에 충전돼 있었어요. 충전한 사람이 제이가 아니라면 누군가의 배려 같네요."

큔이 뒤도 돌아보지 않고 별일 아니라는 듯 말했다. 유성운이겠지. 큔이 어떤 식으로든 내게 도움이 되길 바랐던 것일까.

"왜 말도 없이 밖을 나간 거야?"

큔이 냄비를 젓던 손을 멈추고 뒤를 돌아봤다.

"얘기할 방법이 없었어요. 제이의 연락처도 모르고요. 제이에게 뭔가 만들어주고 싶었어요. 제가 온 뒤로 술과 물밖에 마시지 않았잖아요. 아무리 뒤져도 이 집엔 술과 물밖에 없더라고요. 맵을 이용해서 잠깐 마트에 다녀온 거예요. 거리가 멀어 시간이 좀 걸렸는데, 당신이 이렇게 일찍 올 줄은 몰랐어요."

큔이 말을 잠시 멈췄다가 영문을 모르겠다는 얼굴로 말했다.

"왜 그렇게 화가 난 거예요?"

"세상이 얼마나 위험한 줄 알아? 네가 납치된 줄 알았어!"

나는 화를 참지 못하고 날카롭게 소리질렀다. 그 많은 안드로이드처럼, 그리고 엄마처럼, 큔이 허망하게 사라져버릴까 두려웠다. 큔은 씩씩거리는 내 모습을 멍하니 응시하다 입을 열었다.

"무슨 일이 벌어지고 있나보군요. 얘기해줄래요?"

큔의 말투는 심리 상담이라도 하는 것처럼 차분했다. 나는 두 손으로 얼굴을 감쌌다. 말해도 괜찮을까? 망설이다 입을 뗐다. 어차피 알게 될 일이었다.

"안드로이드들이 사라지고 있어. 그것도 많이. 납치당한 것 같아. 그런데 흔적도, 단서도 없어. 뭔가 크게 잘못됐어."

정적이 흘렀다. 큔은 잠시 생각에 잠긴 것 같더니 고개를 끄덕였다.

"그래서 제가 없어진 줄 알고 그렇게 놀랐던 거군요. 미안해요. 진정하고, 여기 앉아요."

큔이 식탁 의자를 빼서 내게 앉으라 손짓했다. 뭘 먹을 기분이 아니라고 말하려 했지만 음식 냄새를 맡으니 허기가 몰려왔다. 큔을 노려보면서 주춤주춤 의자에 앉았다. 막상 말을 하고 나니 고슴도치 가시처럼 뾰족하게 곤두섰던 마음이 한결 누그러진 듯했다.

큔이 얌전히 앉은 나를 보며 슬며시 웃더니 음식을 내왔다. 죽에서 수증기가 폴폴 올라왔다. 어릴 때 엄마가 해줬던 채소죽이 떠올랐다. 당시 엄마는 할 줄 아는 요리가 하나도 없었다. 아버지는 엄마에게 채소를 다듬는 것부터 냄비를 불에 올리고 죽을 끓이는 법까지, 죽을 만드는 과정을 하나하나 가르쳤다. 엄마가 만든 죽은 항상 덜 익고, 멀겋고, 밍밍한 맛이었다. 그래도 나는 엄마가 주방에 서서 콧노래를 부르며 채소죽 만드는 걸 보는 게 좋았다.

큔이 만든 채소죽은 그에 비하면 냄새가 그럴듯했다. 침이 꼴깍 넘어갔다. 문득 신제품 발표회에서 요리와 같은 섬세한 조작은 몇 차례 경험을 거쳐야 능숙해진다고 했던 게 생각났다.

“아직 무리일 텐데……?”

“처음이라 조금 서투르긴 하지만 이론적으로는 명확히 알고 있어요. 요리는 화학이거든요.”

큔이 예쁜 갈색 눈을 빛내며 자신만만하게 말했다.

“아하, 화학…… 흠.”

숟가락을 들었다. 너무 긴 하루였다. 무서웠고, 피곤했고, 배가 고팠다. 죽을 한 숟가락 가득 퍼 입에 넣으려는 순간, 큔이 말했다.

“그러니까…… 절 많이 걱정하셨군요.”

입을 벌린 채로 큔을 바라봤다. 큔이 눈을 반달처럼 휘며 생글거리고 있었다. 귓불이 홧홧하게 달아올랐다.

10

인간의 선에서 예측 가능한 기술적 불행들은 반드시 일어나고야 만다. 이 시대의 속성이 그렇다. 그래서 나는 이 시대가 싫다.

오전에 임원급 긴급회의가 소집됐다. 프로젝트 총괄인 제이슨이 회의 안건을 브리핑했다. 스크린에 여성형 안드로이드와 호스트의 얼굴과 신상이 떠올랐다.

“EK 2세대 여성형 안드로이드예요. 이름은 그레이스, 이십사 세로 설정돼 있고, 호스트는 이홍이라는 삼십오 세 남성입니다. EK 2세대가 출시되자마자 구매를 해서 사용한 지 구 년이 넘었습니다. 이홍은 오 개월 전 제품 이상으로 그레이스의 수리를 맡겼어요. 본체 시스템 이상으로 데이터 소실이 발생한 상태였습니다. 그런데 문제가 있었어요. 실제로 그레이스를 구입한 사람은 이홍의 어머니였는데, 구매 당시 안드로이드의 서버 접속을 차단해달라 요청해서 서버에는 그간의 데이터가 전혀 업로드되지 않은 상황이었습니다. 이홍 본인이 백업을 진행한 적도 없고요. 이홍이 바란 건 제품 데이터의 완전한 복구였습니다.”

“복구가 안 됐군요.”

유성운이 무심하게 말했다.

“정확히 말하자면 일부만 복구됐습니다. 말씀드렸다시피, EK 2세대라 기간으로만 보더라도 엄청난 양의 학습이 이뤄졌을 겁니다. 최근 제품에 비해 반응 속도가 조금 떨어진다는 점만 빼면 거의 사람이나 마찬가지인 상태였을 거고요. 그러니 일부만 복구한다고 해서 예전과 같은 컨디션은 아니었을 겁니다.”

호스트 매니징팀에서 구매자 심리 분석을 담당하는 유진이 물었다.

“이홍과 그레이스의 관계는 어땠나요?”

법무팀장이 나서서 대답했다.

“약간의 배경 설명이 필요할 것 같습니다. 이홍 쪽에서 저희 회사를 상대로 소송을 제기한 뒤 이홍의 배경을 조사했습니다. 하이스틸 그룹의 둘째 아들로, 재력가 집안입니다. 회사를 이어받을 거라 기대되는 장남과 달리 사회 활동은 전혀 하지 않고 칩거 생활중이었습니다. 장남이 워낙 인재라 부모의 기대가 모두 형에게 갔고, 그림자처럼 살았다고 합니다. 주변 사람들에 따르면 장기간 정신과 치료를 받았고, 이십대 때는 여자를 스토킹한 전과도 있는데다 마약에 손댄 적도 있습니다. 그레이스를 곁에 두면서 심리적으로 안정을 찾았다고 말하는 사람이 있었습니다."

"달리 말하면, 그레이스에게 정서적으로 많이 의존했다는 뜻이군요. 일이 복잡해지겠는데……"

유진이 작게 탄식했다. 그러자 제이슨이 대답했다.

"소송은 사실 문제가 아닙니다. 서버 접속 차단을 원하는 사용자에게는 필수적으로 데이터 소실에 대한 위험성을 고지하고 동의서도 받아두잖아요. 비슷한 소송은 예전에도 있었고요. 이미 승소한 판례가 있기 때문에 큰 문제가 될 건 없다고 봅니다."

"그럼 뭐가 문제예요?"

내가 물었다. 제이슨이 입술을 지그시 깨물더니 고개를 돌렸다.

"이걸 먼저 보시죠."

제이슨이 회의장 테이블 위로 영상을 띄웠다. 주택의 차고 내부를 촬영한 시시티브이 영상이었다. 차고 중앙에는 그레이스가 서 있었다. 얼마 후 화면 밖에서 복면을 쓴 남자가 자루가 긴 커다란 해머를 끌고 나타났다. 남자가 손을 들어 뭐라고 지시하자 그레이스는 차고 바닥에 가만히 누웠다. 그리고 양손으로 자신의 눈을 가렸다. 남자는 누워 있는 그레이스 위로 해머를 휘두르기 시작했다. 그레이스의 몸이 부서지며 복부 쪽 내부 기관에서 불꽃이 튀었다. 해머질은 오 분 가까이 이어졌다. 영상이 끊기고 검은 화면이 이어지더니 빨간색 텍스트가 떠올랐다.

이건 그레이스가 아니야. 가짜는 사라져야 해.

누군가 펜을 떨어뜨리는 소리가 들렸다. 회의장에 앉아 있던 모든 사람들이 할말을 잃고 침묵했다.

11

오전 미팅 이후, 마음이 내내 편치 않았다. 끔찍한 영화를 한 편 보고 나온 기분이었다. 몸이 좋지 않다고 둘러대고 일찍 회사를 나왔다. 무버가 집 앞에 도착했을 때는 세시가 조금 넘은 시간이었다. 로비를 지나 거실로 들어가니 반쯤 열린 창문으로 따스한 봄바람이 불어오고 있었다.

거실에도, 주방에도 큔은 없었다. 다 낫지 않은 발목을 절뚝거리며 계단을 올라 방으로 향했다. 살짝 열린 문 틈 사이로 침대에 앉아 창밖을 바라보는 큔이 보였다.

“어? 평소보다 일찍 오셨군요.”

큔이 인기척에 뒤를 돌아봤다. 미소가 화사하게 빛났다.

“박스에 없어서 놀랐어.”

“오늘은 청소할 게 많아서 내내 밖에 있었어요. 여기, 앉아 봐요.”

그가 자기 옆자리를 톡톡 두드렸다. 머쓱해서 쭈뼛거리다 옆에 가서 앉았다. 하얀 커튼이 바람을 품고 아른아른 곡선을 그리며 펄럭이기를 반복했다. 창밖으로 아이들이 걸어가며 떠드는 소리가 작게 들려왔다. 우리 둘은 침대에 앉은 채 말없이 흔들리는 커튼만 바라봤다.

이윽고 큔이 정적을 깼다.

“집을 왜 그렇게 더럽혔어요? 치우느라 혼났어요.”

큔이 장난스럽게 나무랐다. 귀에 피가 쏠리는 게 느껴졌다. 나는 작게 투덜댔다.

“이제 그만 치워. 나는 더러워도 신경 안 쓰니까.”

큔이 내 얼굴을 빤히 쳐다봤다.

“혹시 제가 방에 들어와서 기분 나쁘셨나요?”

별 뜻 없이 한 말이었는데 내 눈치를 보는 걸까? 괜히 마음이 쓰였다.

“괜찮아.”

큔이 안도의 미소를 지었다.

“이 방, 볕이 너무 좋아서요.”

큔의 말대로 방에 따사로운 볕이 가득했다. 늘 화나 있는 것 같던 공간이 다정하게 변해 있었다. 마치 안드로이드 엄마와 살던 시절로 돌아간 것 같았다. 엄마도, 나도, 아버지도, 누구 하나 고장난 곳 없이 온전했던 그때로.

큔의 몸에서 나는 꽃향기가 코를 간질였다.

"무슨 향이야? 네 몸에서 나는 향."

"네롤리예요. 4월 말경에 비터오렌지라는 나무에서 하얀 꽃이 피어요. 그 꽃을 따서 추출한 향이에요. 17세기 이탈리아 네롤라의 공주인 앤 마리 오르시니가 이 향이 섞인 물로 목욕을 했대요. 그래서 네롤리라는 이름을 갖게 됐죠. 혹시 향이 강한가요? 세기를 조절할 수 있어요."

쓴 오렌지? 이렇게 우아하고 달콤한데. 다시 정적이 흘렀다. 큔은 커튼의 움직임을 미동도 없이 바라보고 있었다.

"큔, 뭘 그리 열심히 봐?"

"커튼이 부풀었다 잠잠해지는 모습이 신기해서요. 마치 당신이 숨을 들이마셨다 내쉴 때처럼 편안하게 보여요."

데이터 세트에는 다양한 과학 정보가 포함되지만 안드로이드는 자신이 겪는 자연 현상을 당연하게 받아들이지 않았다. 바람이 공기의 대류로 일어나는 현상이고, 붉은 노을이 태양빛이 산란한 결과물이라는 걸 알아도, 시각과 촉각 등 감각을 통해 보고 느낀 자연 현상은 안드로이드 개개에게도 고

유한 경험이었다. 회사에서도 비나 눈이 내리는 날이면 창밖을 오래도록 내다보는 안드로이드가 많았다. 무한한 호기심. 그런 면에서 이제 막 구동한 안드로이드일수록 어린아이같이 보였다.

나는 그런 큔을 한동안 바라보다 그 옆에 드러누웠다. 이불이 바스락거렸다. 큔의 향기가 바람과 함께 내 얼굴 위로 너울너울 내려앉았다가 사라졌다.

"향기가 좋아."

눈을 감았다. 한결 더 짙어진 꽃내음이 밀물처럼 밀려왔다.

*

사위가 조용했다. 눈을 번쩍 떴다. 목까지 덮여 있는 이불. 창 너머로 붉게 저무는 해의 꽁무니가 보였다. 노곤하고 기분 좋은 잠이었다. 침대 밖으로 다리를 뻗었다.

계단을 내려가려는데 주방에서 달그락거리는 소리가 들렸다. 설마, 또 요리를……? 다리를 절뚝거리며 내려가보니 역시나 뭔가가 지글지글 끓고 있었다.

"일어나셨군요? 마침 저녁 준비가 거의 다 됐어요."

"요리하지 말라고 했던 것 같은데."

"실패는 성공의 어머니니까요. 오늘은 성공할 겁니다."

큔이 결의에 찬 눈으로 말했다.

"성공의 어머니는 그만 만나고 싶다고!"

"그래도 다 드셨잖아요."

그래, 다 먹긴 했었지. 꾸역꾸역. 네 눈빛이 너무 초롱초롱해서 뱉을 순 없었다고! 그날 큔이 만든 채소죽은 말 그대로 당근, 양파, 쌀과 소금, 참기름이 섞여'만' 있는 음식이었다. 분명 레시피에 맞게 만들었다지만 쌀은 덜 익었고, 당근과 양파는 따로 놀았다. 소금은 존재감이 전혀 느껴지지 않았다. "인간이 먹을 수 없는 정체불명의 음식"이라는 나의 혹평에 큔은 "계량기가 없어서 그런 거예요. 계량기를 사주세요"라고 당당하게 요구했다.

"큔. 난 반조리식품도 좋아해. 내가 사놓을게."

"걱정 마세요. 금방 준비할게요."

고집이 센 건 유성운의 성향 데이터 때문인가. 큔을 설득하길 포기하고 이층으로 올라가 옷을 갈아입었다. 다시 내려왔을 때 큔은 식탁에 음식을 차리고 있었다. 또 채소죽이었다. 큔은 퍽 즐거운 얼굴을 하고 있었다. 설마 이 안드로이드, 나의 고통을 즐기고 있는 건 아니겠지……? 미각이 발달하지 않은 게 처음으로 감사했다. 크게 숨을 들이마신 뒤, 눈을 딱 감고 죽을 퍼서 입안에 넣었다. 음……!

확실히 전보다 나은 맛이었다. 당근과 양파는 살짝 숨이 살아 씹히는 맛이 좋았고, 적당히 퍼진 찹쌀은 목으로 부드럽게 넘어갔다. 간은 짜지도 싱겁지도 않은 딱 적당한 정도였다. 고소한 참기름 향이 입맛을 돋웠다. 큔이 눈을 반짝이며 물었다.

“입맛에 맞으신가요?”

“뭐…… 나쁘지 않네.”

“주방 정리를 하다 계량기를 찾았거든요.”

“호오.”

그런 게 우리집에 있었나? 언제 사둔 건지 기억도 나지 않았다.

“맛있는 거죠?”

“……나쁘지 않아.”

재차 묻는 말에 뭐라 말하면 좋을지 몰라 같은 말만 반복했다. 큔이 웃었다.

“이상하네요. 얼굴에 맛있다고 써 있는데. 순식간에 다 먹었잖아요.”

어느새 그릇이 비어 있었다.

“……더 먹고 싶어.”

"얼마든지요."

정말 맛있었지만 '맛있다'는 말이 입에서 떨어지질 않았다. 화를 내거나 논리적으로 따지는 건 잘했지만 '맛있다' '고맙다' '좋다' 같은 낯간지러운 표현은 젬병이었다. 그런 말들을 수월하게 했다면 사람들과 잘 어울렸을까? 어쩌면 내가 큔보다도 마음을 표현하는 데 서툰 것 같았다.

"……맛있어."

큔이 새로 떠 온 죽을 먹으며 기어나오는 목소리로 겨우 말했다. 귀가 뜨거워지는 게 느껴졌다.

"고마워요. 제이에게 처음으로 칭찬받았네요."

민망해서 고개를 푹 숙이고 있는데도 큔의 입꼬리가 올라간 게 느껴졌다. 서둘러 화제를 바꿨다.

"왜 매번 죽만 만들어?"

"제 데이터에 쉰여섯 가지의 죽 레시피가 저장돼 있어요. 간병인 안드로이드 기본 설정이죠. 다른 요리는 레시피를 패치해야 하거든요."

간병인 안드로이드라고 죽 요리만 죽어라 하란 소린가. 당장 가서 따져야겠군.

"그럼 패치하면 되잖아."

"샴하트 서버 교신이 끊겼어요."

잊고 있었다. 큔을 통해 나를 감시할까봐 제이슨에게 차단하라고 했지.

"패치는 물론이고, 제 언어나 정보 업데이트가 안 되면 제이가 불편할 수 있어요."

"상관없어."

"지속적으로 백업을 못하면 제게 이상이 생겼을 때 초기화해야 할 수도 있고요."

알고 있었다. 기억 상실증에 걸린 사람처럼 첫날 박스에서 나와 내게 한 말들을 반복하겠지. 이홍의 그레이스처럼. 잠시 멈칫했지만 죽을 뜨면서 대수롭지 않게 말했다.

"네가 나랑 오래 살 것 같아? 우린 그냥 계약 동거 같은 관계야. 내가 원해서 너랑 사는 게 아니라 회사에서 요구하니까 그렇게 하는 거라고."

순간 큔의 얼굴에 쓸쓸한 감정이 어렸다. 미세하지만 또렷했다. 인간형 안드로이드니까 그 정도는 표현할 수 있겠지. 큔의 시선을 피해 고개를 돌려버렸다. 이래서 안드로이드랑 또다시 살고 싶지 않았다. 기계의 학습된 표정 따위에 감정이입을 하다니, 어리석어. 큔은 이내 미소를 띠며 자리에서 일어났다.

"그렇군요. 후식으로 과일 드실래요?"

아무리 봐도 속상해 보였지만 역시 사과하지 않을 거다. 큔은 안드로이드니까. 우리는 이 정도 거리가 맞아. 너도 고장날지 모르니까. 그러면 나는 또 고장날 거라고.

12

소송은 회사가 예상한 대로 진행됐다. 이홍은 항소하지 않았다. 우리는 그에게 미팅을 제안했지만 이홍은 변호사를 통해 거부 의사를 전해왔다.

큔을 볼 때마다 그레이스가 떠올랐다. 혹시라도 내가 큔을 사랑하게 되고, 큔이 기억을 잃는다면 나도 큔의 존재를 부정할까? 대답할 수 없었다. 질문을 바꿨다. 큔이 나를 기억하지 못한다면 나는 큔을 해머로 부술 수 있을까? 아니, 그건 불가능하다. 내가 만약 인공지능이라면 대상을 의식과 몸으로 분리해서 생각할 수 있을지도 모른다. 그러나 사람은 그럴 수 없다. 인간이 누군가를 사랑한다는 말은 보고, 만지고, 들리고, 느끼는 전부를 사랑한다는 의미이니까. 게다가 그레이스는 일부가 복구된 상태였다. 미미하게나마 이홍의 기억을 갖고 있었을 것이다. 그렇다면, 이홍은 왜?

나의 '계약 동거' 발언 이후에도 큔은 한결같았다. 마치 그날 내가 한 말을 도려내 완벽하게 방음이 되는 큐브 안에 집어넣은 것처럼. 침구는 늘 깨끗하게 정리되어 있었고 욕실에선 향기가 났다. 회사에서 일하다보면 큔이 워치를 통해 보낸 메시지가 도착해 있었다. '오늘은 언제쯤 퇴근하나요?' '심심해요' '호박죽이 좋아요, 브로콜리감자죽이 좋아요?' '좋아할 만한 영화를 골라놨어요. 오늘밤에 함께 볼래요?' 사소하고 다정한 말들. 나는 답장 보내길 주저하면서도 그 메시지들을 몇 번이고 보고 또 봤다. 그리고 어느 날은 메시지가 오길 기다리며 워치를 확인하는 자신을 발견했다. 다정한 것은 참 힘이 세구나. 그날 내가 뱉은 '계약 동거' 따위의 바보 같은 말을 곱씹으며 괴로워하는 건 나뿐인 것 같았다.

나도 조금씩 변하고 있었다. 큔의 실없는 농담과 해맑은 실수가 나를 자꾸 웃게 했다. 시도 때도 없이 찾아오던 어깨 통증이 큔과 지내며 거짓말처럼 줄었고, 술의 힘을 빌리지 않고도 까무룩 잠이 드는 날이 이어졌다. 물론 큔의 물샐틈 없는 감시 속에서 술을 마신다는 건 결코 쉬운 일이 아니었다. 몰래 마시다 들킨 다음날엔 내게 메시지도 보내지 않았다. 마치 토라진 것처럼.

큔은 내 방 창에서 커튼을 걷어내고 구석구석에 빛을 들였다. 낮에는 더없이 밝고 따뜻한 햇살이 창으로 스며들었고,

밤에는 은은한 달빛이 쏟아졌다.

언제든 "제이" 하고 부르는 다정한 목소리. 다가가도 되냐고 양해를 구하듯 먼저 도착하는 부드러운 향기. 어떤 감정이 내 안에 조금씩 차오르고 있었다. 그렇지만 그 감정을 정면으로 바라볼 자신은 없었다.

그런 생각을 한참이나 하고 있는데 큔이 식탁 맞은편에 앉아 내가 밥 먹는 모습을 마치 스포츠 중계라도 보듯 흥미진진하게 바라봤다.

"맛있어요?"

호의적인 감상평을 기대하는 초롱초롱한 눈빛.

"나쁘지 않아. 그런데 너무 많은 것 같아. 내가 왕도 아니고."

저녁 식사는 궁중요리였다. 탕평채, 신선로, 구절판…… 이름도 낯선 전통 요리들이 작은 식탁을 가득 채우고 있었다. 오늘 큔이 요리 채널에서 본 주제가 '궁중요리'라고 했다.

"나쁘지 않기만 해요?"

늘 이런 식이다. 내가 얼버무리면 큔은 적확한 표현을 재차 요구했다.

"……맛있어."

"칭찬 고마워요."

큔의 입꼬리가 호선을 그리며 만족스럽게 올라갔다. 내 귀도 덩달아 달아올랐다. 서둘러 화제를 돌렸다.

"살다 살다 이런 걸 다 먹는 날이 오는구나. 그런데 죽만 만들다가 궁중요리라니."

"제이, 천천히 드세요."

말은 그렇게 하면서도 나도 모르게 음식을 입에 밀어넣고 있었다.

"어떤 게 제일 맛있어요?"

"음, 신선로? 왜 자꾸 묻는 거야?"

"제이가 궁금하니까요."

큔의 시시콜콜한 질문이 싫지 않았다. 그렇지만 귀찮은 척 넌지시 대화를 이어갔다.

"큔, 오늘 뭐 하며 지냈어?"

"드디어 저의 일상을 궁금해하시는군요!"

큔의 눈이 반짝반짝 빛났다. 아니, 빛나는 것처럼 보였다. 큔이 씩씩하게 외쳤다.

"오전 열시부터 한 시간 동안 요리 프로그램을 시청하고, 정오부터 삼십 분 동안 당신 방 침대에 앉아서 그림자의 변화를 관찰했어요. 오후 한시부터 네 시간 동안 최신 드라마 네 편을 시청했고요."

큔의 순진한 대답에 나도 모르게 웃음이 터졌다.

"정말 바쁜 하루였네? 근데 드라마는 왜 본 거야? 안드로이드도 심심할 때 드라마를 봐?"

"일종의 학습이에요. 저는 서버와 교신도 끊겼고, 제이의 허락 없이는 밖에도 나갈 수 없어요. 학습 대상이 제이밖에 없잖아요. 그러면 언어 능력이 퇴보해요. 인간의 반응을 수집하는 것도 어려워지고요. 사람들도 외부 활동이나 인적 교류를 하지 않으면 사회에 적응하지 못하는 것처럼, 안드로이드도 호스트와 대화할 때 문제가 생겨요. 호스트가 식상하게 느끼고 지겨워하거든요. 늘 똑같은 말과 반응만 구사하는 구닥다리 로봇이 되는 거죠."

구절판에 젓가락질을 하다 말고 멈췄다. 그러니까 큔은 '버려지지 않기 위한 학습'을 하고 있었다. 그렇게 애쓰지 않아도 된다고 말하려다 그만뒀다. 사람은 변덕스러우니까. 내가 그런 사람이 아니라고 어떻게 장담할 수 있을까? 큔은 자신이 할 수 있는 최선을 다하고 있는 것뿐이었다. 내가 자신을 지루해하지 않도록.

식사를 마치고 우리는 함께 소파에 앉아 드라마를 봤다. 큔은 이따금 드라마를 보며 깔깔 웃는 나를 가만히 쳐다봤다. 내가 언제 웃는지, 언제 우는지, 언제 화를 내는지 기억하기 위해서겠지. '제이는 유치한 개그에 크게 웃으며 반응함' '제이는 막장 드라마를 보고 눈물을 흘림'이라고 입력하고 있겠지만.

호기심과 호감으로 가득찬 시선에 딱딱했던 심장이 말랑말랑해지는 듯 간질거렸다. 네가 그런 눈으로 바라보는 것만으로도 나는 벌써 행복해진 것 같은데, 너는 그토록 애쓰고 있구나.

13

이불을 덮고 모로 누워 창밖에 뜬 달을 보고 있었다. 엄마가 유달리 좋아한 보름달이다. 벌써 한 달이 지난 건가.

나는 밤보다 낮에 보는 달이 좋았다. 파란 하늘 어느 한구석에 갸웃 걸린 낮달은 볕에 잘 마른 흰 조개껍데기처럼 보였다. 거기에선 어떤 고뇌도, 조바심도 느껴지지 않았다. 그저 해가 비추는 온화한 세상을 희고 말간 얼굴로 바라보는 구경꾼 같았다. 밤에 뜬 달은 완전한 어둠 속에서 연노랑 빛으로, 흰빛으로, 때론 붉은빛으로 세상을 밝혔다. 그래서 고독해 보였다. 새도, 고양이도, 사람도, 모두가 눈을 감고 잠든 세상 위를 묵묵히 비추는 일. 엄마는 마치 그런 달의 임무를 열렬히 응원하는 것처럼 보였다.

몸을 뒤척일 때마다 이불에서 익숙한 꽃향기가 살포시 흩어졌다. 저멀리 보름달에서 전해온 향기처럼 여리고 아득했다. 나는 침대에서 일어나 방문을 열고 나갔다. 봄밤의 기운이 잠옷과 함께 몸 위에서 찰랑거렸다. 계단을 내려가 큔이 머무는 방으로 갔다. 얼마 전 큔의 박스를 주방 옆 창고에서 다른 방으로 옮겼다. 게스트룸으로 비워두었지만 원체 쓸 일이 없던 방이었다. 큔은 구태여 옮길 필요가 없다고 했지만, 나는 고개를 저었다.

문은 잠겨 있지 않았다. 방에는 작은 옷장과 침대, 그리고 큔의 충전 박스가 전부였다. 당연하게도 침대는 비어 있고, 박스에서 푸른색 불빛이 깜빡이고 있었다. 그 아스라한 불빛을 보는 것만으로도 심장이 두근거렸다.

박스 옆에 비스듬히 앉아 로고를 터치했다. 박스 커버가 스르르 밀려나고 태아처럼 몸을 둥글게 웅크린 큔이 보였다. 투명해 보이는 얼굴을 조심스럽게 어루만졌다. 부드러웠다. 손이 지나간 자리마다 옅고 달달한 향기가 흩어졌다. 그를 처음 깨운 날이 떠올랐다. 큔의 눈꺼풀이 가늘게 떨리더니 눈을 떴다.

"제이."

큔은 잠시 몸을 떨더니 부스스 일어나 앉았다. 나를 내려다보는 큔의 갈색 눈동자가 신비롭게 느껴졌다.

"큔. 예전에 내가 심하게 말했던 거 사과할게."

"음…… 한두 번이 아니라서요."

큔이 미소를 지으며 장난스럽게 말했다.

"전부 다 미안해."

진심이었다. 큔은 잠시 생각에 잠긴 듯하더니 담담하게 말했다.

"제이는 했던 말을 가슴에 담아두고 괴로워하는군요."

"그래. 상처 주는 말을 하면서 상처를 받아."

"상처 주는 말을 하지 않으면 되잖아요."

"그게 잘 안 돼. 사람은 복잡해. 그래서 로봇처럼 단순명료하게 살 수 없어."

큔의 눈이 가늘어졌다. 입가에서 미소가 사라졌다.

"제이."

"응?"

"전 로봇이니까 단순명료하게 말해줄게요. 전 제이에게 도움이 되는 게 좋아요. 제이가 기쁜 게 좋고 제이를 행복하게 해주고 싶어요. 당신이 이해할 수 없는 말과 행동을 해도, 전 계속해서 관찰하고 이해하려고 노력할 거예요. 적절한 반응을 하는 데까진 시간이 걸리겠지만요. 그러니까 미안해하지 말아요."

나는 큔의 갈색 눈동자를 가만히 응시했다. 인간은 눈을 통해 상대방의 진심을 확인하려는 습성이 있다. 짧은 순간이었지만 나는 큔의 눈동자에서 저 말들이 진심에서 나온 거란 증거를 찾으려 들었다. 왜냐면, 진심이길 바랐으니까. 그는 나의 시선을 피하지 않고 확신에 찬 어조로 덧붙였다.

"제이는 따뜻한 사람이에요."

그가 수집한 데이터들이 그렇게 말해주는 걸까. 그 데이터 속 나는 어떤 모습일까. 그의 입가에 다시 미소가 어렸다. 나는 큔의 미소 띤 얼굴을 홀린 듯 바라보다가 손을 내밀었다.

"가자. 내 방으로. 보여줄 게 있어."

말없이 손을 바라보던 큔이 제 손을 들어 내 손을 잡았다. 낯선 손바닥의 폭신한 촉감과 따스한 온기가 내 손으로 옮겨왔다. 심장이 쿵 소리를 내며 내려앉았다. 귀와 얼굴이 동시에 달아오르는 게 느껴질 정도였다. 얼굴을 급히 돌렸다. 벌게진 얼굴을 보이는 게 부끄러워서만은 아니었다. 감추기 힘든 내 표정이 큔에게 어떤 데이터로 분류될지 알 수 없었으니까. 아니, 사실 두려웠다. 초라해질 것이 뻔한 이 우스꽝스러운 감정이.

그의 손을 잡고 이층 계단을 올라 내 방으로 향했다. 밝은 달빛이 침대 위로 쏟아지고 있었다. 나는 창문 앞으로 가 침대에 걸터앉았다. 그리고 한낮에 침대를 툭툭 두드리며 내게 말을 건넸던 큔처럼 왼손으로 옆자리를 툭툭 치며 말했다.

"여기 앉아봐."

우리는 나란히 앉아 창밖을 바라봤다.

"예쁘지?"

"네. 제이의 창은 늘 아름답네요."

"보름달이 뜨면 꼭 보여주고 싶었어. 내가 아는 어떤 안드로이드가 보름달을 좋아했거든."

큔이 고개를 돌려 나를 빤히 쳐다봤다. 나는 그저 씁쓸한 미소를 지어 보였다. 우리는 작품을 관람하는 사람들처럼 가만히 창밖을 바라봤다. 연노랑 빛의 둥근달이 까만 하늘에 걸려 있었다. 어스름한 구름들이 간간이 달을 훑고 지나갔다. 창으로 스산한 바람이 불어 들어왔다. 큔이 얇은 이불을 들어 내 어깨에 걸쳐줬다. 그의 향기가 은근하게 다가왔다.

"외부 온도가 어제보다 이 도나 떨어졌어요. 체온이 떨어지지 않게 잘 덮어요."

"큔."

"네?"

"사실, 내 팔……"

잠옷 소매를 걷고 왼팔 안쪽을 보여줬다. 샴하트 로고가 푸른빛을 내고 있었다.

"내 일부도, 큔 같은 로봇이야."

큔이 내 팔을 물끄러미 바라봤다.

"제이."

"응?"

"저 알고 있었어요. 샴하트 신제품 발표회장에서 당신 뒤에 서 있었거든요."

"뭐? 그걸 이제 말하는 거야?"

"제이에겐 아픈 상처가 아닐까 생각했어요. 그때 제이의 표정이 행복해 보이지 않았거든요."

나는 오른손을 들어 왼쪽 어깨를 주물렀다.

"이제 괜찮아. 어릴 적 기억이라 흐릿해질 대로 흐릿해졌고. 이젠 그냥 내 팔 같아. 큔이 내 곁에 있는 게 자연스러워진 것처럼."

내가 방금 뭐라고 한 거지. 어두웠던 큔의 얼굴이 달처럼 밝아졌다. 심장이 제멋대로 두근거렸다.

"제이."

"응?"

"제가 당신을 만져도 될까요?"

두근거리던 심장이 또 한번 쿵 하고 떨어졌다. 고개를 작게 끄덕였다. 큔이 내 왼손을 들어올려 손등에 입을 맞춘 뒤 가만히 내려놓았다. 부드럽고 촉촉한 입술이 간촉이 손등에서 흩어졌다.

"나도 지금 당신과 똑같이 느껴요."

큔이 작게 웃으며 말했다. 지금 나와 똑같이 느낀다는 건 인공신경이 대뇌에 전달한 촉감 정보를 말하는 걸까, 아니면 심장이 터질 것 같은 내 상태를 말하는 걸까. 그가 어여쁜 미소를 짓고 있다. 왜일까. 손이 아니라 마음이 간질거리는 건.

큔의 얼굴을 잡고 천천히 끌어당겨 입을 맞췄다. 달콤한 향기가 내 얼굴을 뒤덮었다. 단호하게 다물어진 큔의 입술과 달리 내 입술은 파르르 떨리고 있었다. 큔의 얼굴이 서서히 멀어졌다. 깊은 갈색의 눈동자가 나를 꿰뚫듯 바라봤다. 커다란 두 손이 내 얼굴을 폭 감쌌다. 그 손에서 번져오는 매혹적인 향과 따뜻한 체온이 못 견디게 감미로웠다.

"이제 자요. 잠들 때까지 옆에 있어줄게요."

"큔."

"네."

"사랑에 대해서도 알아?"

"……"

"나한텐…… 안드로이드 엄마가 있었어. 사람은 안드로이드를 사랑할 수 있어."

나를 응시하는 큔의 한쪽 얼굴이 달의 어두운 면처럼 캄캄했다. 그가 조심스럽게 입을 뗐다.

"제이, 나는 당신의 생각보다 사랑을 더 많이 알아요. 안드로이드를 사랑한 사람들의 이야기도요."

"사랑을 안다는 게 할 수 있다는 걸 의미하는 건 아니야. 나는 널 사랑할 수 있지만 네가 나를 사랑하는 건 다른 얘기지."

"제이."

큔이 내 말을 멈췄다.

"왜 내가 사랑을 할 수 없다고 생각해요?"

고개를 들어 큔을 바라봤다. 큔의 표정은 진지했다. 왜 나는 안드로이드가 사랑을 할 수 없다고 생각했을까? 샴하트 신제품 발표회장에서 본 장면들이 눈앞을 스쳐지나갔다. 호스트와 안드로이드를 대상으로 진행한 인터뷰에서 그들은 모두 사랑을 말하고 있었다. 그러나 나는 한 번도 그들의 사랑이 온전한 모양일 거라 생각해본 적 없었다. 너무나 당연하게도, 인간의 일방적인 감정이라고 생각했다. 사람들이 사랑이라 믿는 건 안드로이드에 프로그래밍된 배려나 친절 같은 형식적인 반응일 거라고, 그래서 이 불완전한 사랑에서 상처 입는 쪽은 결국 인간이라고 여겼다.

"어쩌면, 제가 정의한 사랑은 당신이 생각하는 사랑의 형태가 아닐지도 몰라요. 그렇지만 사람들의 사랑도 모두 같은 모양은 아니잖아요? 다른 모양이라고 해서 그게 사랑이 아니라고 말할 순 없을 거예요."

큔이 담담한 얼굴로 나를 바라봤다. 나는 머리를 세게 얻어맞은 기분이었다. 큔의 말이 맞았다. 인간만이 사랑을 할 수 있다고 말하는 건 오만인지도 모른다. 문득 그레이스가 떠올랐다. 그레이스도 이홍을 사랑했던 걸까? 이홍은 그걸 알았을까? 어쩌면 이홍도 스스로를 비극의 주인공이라고 생각했던 건 아닐까.

그때 큔이 내 손등 위에 자신의 커다란 손을 포갰다. 그의 손가락이 내 손가락 사이사이를 파고들어가 단단히 맞물렸다. 따뜻한 체온이 전해졌다.

"인간이란 시간 위에 선을 그리는 존재예요. 어쩌다 선과 선이 만나고 한동안 같은 궤도를 그리며 겹쳐져요. 그때 거기서 섬광이 일어나요. 화학반응을 한 것처럼 눈부시게 아름다운 빛을 내죠. 그러다 빛이 서서히 사그라들고 어느 날 다시 각자의 선을 그리며 갈라져요. 영원히 만날 수 없는 방향으로 궤도를 그리면서요. 저는 당신이 그린 선의 뒤를 따르는 선이에요. 그렇지만 제 선은 삐뚤빼뚤하죠. 당신이 오른쪽으로 휘어질 줄 모르고 뛰어가다 속도를 제때 늦추지 못하고 당신의 선을 놓치기도 해요. 그래서, 당신이 말해줬으면 해요. 당신의 감정이 어디로 휘어지는지, 얼마만큼의 속도로 달려가는지. 그러면 저는 당신의 선을 따라 아름다운 선을 그릴 수 있어요. 꽤 근사한 섬광을 일으킬 수도 있겠죠. 당신이 기회를 준다면요. 그러니, 내가 할 수 없다고 생각한다면, 가르쳐줘요. 사랑이란 어떻게 하는 건지."

나는 멍하니 큔을 바라봤다. 머릿속으로 빠르게 달려가던 두 선이 만나 푸른 섬광을 일으키며 유려한 곡선을 그리는 모습을 상상하고 있었다. 심장이 폭발할 듯 두근거려 아무 말도 할 수 없었지만 그를 향해 고개를 끄덕였다. 기회를 간절히 원하는 건 나였다.

내 눈동자를 뚫어질 듯 바라보던 큔이 고개를 숙여 내 왼쪽 어깨에 가볍게 입을 맞췄다. 심장이 이토록 빠르게 뛴 적이 또 있을까. 과호흡이 올 만큼 어지러웠다. 심장을 겨우 진정시키며 큔의 어깨에 머리를 기댔다.

"궁금한 게 있어."

"네?"

"나랑 함께하고 싶은 게 있어? 아니면 가고 싶은 곳이라도."

늘 묻고 싶었다. 너는 무엇이 좋은지, 무엇을 하고 싶은지. 너의 욕구는 어떤 모양이고 무엇을 갈망하는지. 큔은 잠시 고민하는 듯 멈췄다가 말했다.

"바다가 보고 싶어요. 제이가 없는 시간에 영화와 드라마를 참 많이 봤어요. 바다가 배경으로 자주 나왔는데 신비로웠어요. 세상의 끝 같기도 하고, 끝이 없는 것처럼 보이기도 하고."

큔은 마치 바다가 눈앞에 펼쳐진 것처럼 아련한 표정을 지었다.

"그리고, 사람들은 사랑하는 사람과 꼭 바다에 갔어요. 왜일까요? 바다는 사랑을 의미하나요?"

—이게 사랑한다는 뜻이에요?

어릴 적 내가 처음으로 뽀뽀를 했을 때 엄마도 같은 질문을 했다. 뭐라고 대답해야 할까. 저 달도, 이 침대도, 우리가 함께한 이 순간도 오랜 시간이 지난 후엔 사랑으로 기억될 거라고 말하면 큔이 이해할 수 있을까. 그가 내 등을 감싸 안고 볼을 맞대어왔다. 그의 체온이 내 볼로 전해졌다.

"당신을 만질 수 있게 돼서 기뻐요. 당신이 더 잘 느껴져요. 자요. 많이 늦었어요."

그날 쿤은 내 옆에 누워 내가 잠들 때까지 내 왼쪽 팔을 토닥거렸다. 아이가 된 것 같았다. 나는 잠들기 전 쿤에게 꼭 바다에 가자고 말했다. 아침에 일어났을 때 그는 그 자리에 없었다. 이불은 어깨까지 반듯하게 덮여 있었다.

14

앙상하던 잔가지마다 연녹색의 잎사귀들이 잔뜩 솟아났다. 사람을 설레게 만드는 풋내 가득한 새 이파리들. 쿤과 함께 지내며 내 안의 여름 숲도 울창해졌다.

회사 일이 재미있어졌다. 회사에서 안드로이드를 만나 대화를 할 때도, 개발자들과 회의를 할 때도 모두 쿤의 이야기 같아 열심히 귀를 기울였다. 사람들 말이 맞았다. 안드로이드와 함께 지내보지도 않고 어떻게 사람들을 설득할 수 있을까. 고집이고 자만이었다. 고작 로봇 팔 하나로 안드로이드를 이해한다고 믿었던 아집. 어쩌면 그 이면엔 아버지가 쏟아부은 시간과 노력을 모조리 부정하고 싶었던 유치한 심리가 작용한 건지도 몰랐다.

잊고 지냈던 어린 시절의 기억이 더 자주 찾아들었다. 엄마에 대한 최초의 기억은 내 얼굴을 어루만지던 차가운 감촉이었다. 선뜩한 손이 얼굴에 닿자마자 어린 나는 으앙 하고 울어버렸다. 영문을 모르겠다는 표정으로 나와 아버지를 번갈아가며 바라보던 엄마의 눈동자가 떠올랐다.

아버지는 엄마를 청소용 로봇이나 하인처럼 부리지 않았다. 워커홀릭이라 집에 없을 때가 더 많았지만 시간이 날 때마다 엄마와 대화를 했다. 당시 내 나이로는 이해할 수 없는 대화들이었다. 때론 아버지가 엄마를 주의깊게 관찰하는 모습이 이상하게 느껴졌다. 어쩌면, 질투였는지도 모른다.

"똑똑, 요즘 좋아 보이네?"

창밖을 바라보며 생각에 빠져 있다 깜짝 놀라 돌아섰다. 어느새 유성운이 내 사무실에 들어와 있었다.

"그 안드로이드 때문인가?"

"무슨 소리야?"

"최근 들어 좀 달라졌길래. 표정도 밝아지고, 제안하는 것도 많아지고."

"뭐. 엔지니어님들께서 신경써주신 덕분에 안드로이드에 대한 이해도가 훨씬 깊어졌지."

"그것뿐이야?"

"그럼?"

유성운은 고개를 갸우뚱하며 말했다.

"그때 그 방청객, 5번 여자 연락처를 알아봐달라고 했다면서. 로이가 그러던데."

사실이었다. 그날 5번 여자가 했던 말들, '휴고'라는 안드로이드와 함께 살며 행복을 찾았다는 얘기를 곱씹곤 했다. 궁금했다. 휴고도 그녀를 사랑하는지. 두 사람이 어떻게 지내고 있는지.

"그거야…… 신제품 발표회 때 많이 놀라셨을 테니 사과도 하고 안부도 묻고. 내가 안드로이드와 지낸다는 것도 알려드리고 겸사겸사. 회사 이미지 회복 차원에서?"

"사과? 네가?"

"응!"

"참 드문 일이네. 여러모로. 말하면서 귀까지 벌게지고."

재빨리 양쪽 귀를 잡았다. 이놈의 귀. 거짓말을 숨길 수가 없다.

유성운이 사무실 밖으로 나가자마자 의자에 털썩 주저앉았다. 설마 나와 큐 사이에 있었던 일을 알고 있는 건 아니겠지? 나는 메일에 접속해 제이슨이 보낸 로그 기록을 확인했다. 서버 교신이 차단된 이후 접속을 시도한 흔적은 하나도 없었다. 식은땀을 닦았다.

"사생활이 없어. 사생활이."

유리벽 건너에서 직원들과 얘기를 나누는 유성운을 노려봤다. 마침 그가 고개를 돌리다 내 살기등등한 눈빛을 정면으로 맞았다. 유성운은 어깨를 으쓱거리며 입 모양으로 '왜?'라고 물었다. 나도 소리 없이 입모양으로 대꾸했다. '신경 꺼.'

15

낯간지럽고, 실소가 피식피식 새어 나오고, 이상하고 불편한 상황이다.

내 진정한 친구라 할 수 있는 호선과 나 그리고 큔이 둘러앉아 식사하는 상황. 오히려 호선과 큔은 담담했다. 호선은 자신을 위해 근사한 식사를 준비해준 큔에게 진심으로 감사를 표현했고 그를 정중히 대했다. 큔 역시 호선과 즐겁게 대화를 나눴다.

안절부절못하는 건 나뿐이었다. 스테이크를 초조하게 썰다가 그릇 바닥까지 긁어 소음을 낸다거나, 말하며 과하게 손을 휘젓다 와인 잔을 넘어뜨리기도 했다. 큔은 내가 실수할 때마다 당황하지 않고 식탁을 정리해주거나 등을 토닥였다.

"신제이, 오늘 유난하다."

테라스에 서서 손톱처럼 가늘게 뜬 달을 바라보며 호선이 말했다.

"나답지 않게 오늘따라 실수 연발이네."

"재채기와 사랑은 숨길 수 없으니까."

"야!"

깜짝 놀라 큰 소리로 호선의 말을 가로막았다.

"보기 좋아. 신제이의 풋풋한 모습."

"엄청나게 용기를 낸 거야. 너한테 큔을 보여주는 거."

"알아. 그래서 놀랍고 고맙고, 재밌어."

부드럽게 부는 바람이 얼굴을 간질였다. 집안에선 큔이 식탁을 정리하고 있었다. 등을 돌려 그 모습을 바라보다 호선에게 물었다.

"조금 이상해. 이렇게 행복해도 되나 싶고. 불안해."

호선이 나를 지그시 바라보며 무표정한 얼굴로 말했다.

"네 마음이 그렇게 움직이는데, 그걸 어떻게 막아. 지금을 최대치로 즐겨. 행복감이 피크를 찍고 나면 평범하고 단조로운 일상이 찾아오니까. 난 그게 이별보다 싫더라."

호선의 말투가 갑자기 낯설게 느껴졌다. 왜지? 문득 호선이 했던 얘기가 떠올랐다.

"예전에 너도 안드로이드랑 지냈다고 했잖아. 그 안드로이드는…… 어떻게 됐어?"

호선은 잠시 망설이다 먼 곳을 응시하며 입을 뗐다.

"이안이라는 이름을 지어줬었어. 삼 년이라는 시간을 이안에게 푹 빠져 살았지. 지금의 너처럼. 그런데 어떤 사람을 만나면서 내 마음이 조금씩 식기 시작했어."

조금 놀랐다. 어떤 사소한 일도 내게 미주알고주알 털어놓곤 했던 호선이 왜 한 번도 얘기하지 않았던 건지. 무려 삼 년을.

"사람은 그렇잖아. 마음이 이렇게도 변하고 저렇게도 변하지. 계절이 바뀌어서, 새로 시작하고 싶어서, 그냥 지겨워서…… 이런저런 말도 안 되는 하찮은 이유로. 내가 예전처럼 사랑하지 않는데 곁에 두는 게 맞을까. 사랑이 이렇게 한순간 변하는 거라는 걸 이해시킬 수 있을까. 그는 멈출 수 있을까. 논리적으로는 설명이 안 되는 것들을 하나하나 설명해야 하는 상황이 싫더라. 걷잡을 수 없이 마음이 식기 시작하니까 이안이 기계로 보였어."

호선이 숨을 한차례 삼키더니 말을 이어갔다.

"그래서…… 전원을 꺼버렸어."

"뭐?"

"이안, 잘 자요. 그렇게 말했지. 이안은 알았을 거야. 이별

통보라는 걸. 난 한 번도 그를 재운 적이 없었거든."

"……"

"이안을 샴하트에 돌려보낸 후, 내가 텅 빈 것 같았어. 오랫동안 후회했어. 정리할 시간도 주지 않은 걸…… 이안은 그냥 나를 사랑한 채로 이유도 모른 채 작동을 멈춰버렸으니까. 인간인 내가 너무 차갑고 잔인하고 싫었어. 결국 그 사람과도 잘되지 않았지."

"그럼 이안은, 그후엔 어떻게 됐어?"

호선은 가만히 고개를 젓다가 말했다.

"기억이 전부 지워진 채 다른 삶을 살고 있겠지. 차라리 그편이 낫지 않을까? 사람은 좋은 기억이든 나쁜 기억이든 전부 껴안고 살아야 하는데. 그래서 너라면 나보다 나은 선택을 하지 않을까 생각했어. 넌, 아직도 네 안드로이드 엄마를 그리워하잖아."

생각지도 못한 이야기에 마음이 서늘해졌다. 물음표 하나가 떠올랐다. 나라고 다를까?

술이 깨는 기분이었다. 등뒤에서 인기척이 느껴졌다. 큔이 창에 손을 얹고 우리를 밝은 표정으로 쳐다보고 있었다. 잘못을 들키기라도 한 것처럼 황급히 큔에게서 고개를 돌렸다. 다시 창을 봤을 때 큔은 그곳에 없었다.

16

이상기후로 이미 8월에만 슈퍼 태풍이 일곱 번이나 지나갔는데 오늘 또 다른 태풍이 예고돼 있었다. 한 달 넘게 해를 본 날이 한 손에 꼽을 정도였다. 공기중에 가득한 습기 때문에 사람들의 불쾌지수도 이루 말할 수 없이 높았다. 이날 역시 당장 비가 쏟아져도 이상하지 않은 날씨였다.

2053년 9월 1일 오후 두시 삼십분경, 분실 신고(경찰측에서는 안드로이드 '실종'을 '분실'로 정정했다)가 접수된 백이십오 대 안드로이드의 전원이 켜지기 시작했다. 제각각 시간 차는 있었지만 십 초도 안 되어 모두 꺼졌다. 누군가 안드로이드의 전원을 순차적으로 켰다 끈 것 같았다. 신호가 가리키는 곳은 곡서에 위치한 버려진 땅이었다. 과거 고철 폐기물 처리장으로 사용됐던 부지로, 오염이 심해 진입이 통제된 곳이었다.

그 순간 호스트들의 마인드 패드에도 영상 업데이트 알림이 울렸다. 잠깐 전원이 들어왔을 때 기록된 안드로이드의 영상 데이터가 서버에 전송된 것이었다. 두려운 마음으로 영상을 열어본 호스트들은 두 손으로 귀를 틀어막았다. 시커먼 화면에 고통스러운 비명과 절규가 오 초 정도 이어지다 멈췄다.

경찰기동대가 현장으로 투입됐다. 가장 빨리 도착한 것은 인근 곡서 경찰서에서 출발한 정찰용 인공지능 드론이었다. 드론이 촬영한 영상 속에는 커다란 공터에 일정 간격을 두고 나란히 놓인 다섯 개의 정육면체형 뭉치가 보였다. 드론은 정체불명의 뭉치들과 거리를 둔 채 렌즈를 줌인해서 표면을 확대했다. 사람의 얼굴과 팔다리가 보였다. 정확히는 사람이 아니었다. 실종된 안드로이드들이 뒤엉킨 채 압축돼 있었다. 안드로이드의 눈은 모두 검은 천으로 가려져 있었고, 절규하는 모습 그대로 동작을 멈춘 채였다.

우리도 비상 회의를 열고 파견 수사관이 제공한 영상을 함께 봤다.

"왜 다섯 뭉치죠?"

유성운이 수사관에게 물었다.

"안드로이드를 제조사마다 분류해 압축한 겁니다. 아마도…… 인간형 안드로이드를 생산하는 다섯 개 회사에 보내는 경고장이 아닐까 추측하고 있습니다."

경찰관들은 현장에서 어떤 증거도, 단서도 찾아내지 못했다. 대신 폐기물 처리장 곳곳에서 심하게 파손된 안드로이드 몸체를 다수 발견했다. 출입구에 있던 유일한 시시티브이는 폐기물 처리장에 폐쇄 조치가 내려진 후 얼마 뒤 먹통이 되어 현재까지 남은 기록이 전혀 없었다. 이렇게 조직적으로 움직일 수 있는 건 오비시디밖엔 없었다. 그러나 누구도 그 이름을 입 밖에 꺼내지 않았다.

우리는 샴하트 안드로이드 뭉치에서 분리해낸 안드로이드 몇 대를 인도받았다. 그나마 몸체가 온전한 안드로이드였다. 그러나 거짓말처럼 안드로이드의 기록에선 아무것도 나오지 않았다.

그중엔 태희도 있었다. 압축되는 순간 작은 몸을 둥글게 웅크린 건지 가슴 부위에 심어졌던 메모리 칩은 온전했다. 태희의 호스트는 삼십대 중반의 젊은 부부였다. 나는 부부에게 무상으로 태희의 몸을 새로 제작해주겠다고 제안했다. 그러나 부부는 주저했다. 두 사람은 태희의 망가진 몸체는 우리에게 처분을 맡기고, 태희의 기록이 담긴 칩만 가져가기로 했다. 남편이 충혈된 눈으로 담담히 말했다.

"첫번째 태희는 수십 번의 인공수정 끝에 어렵게 생긴 아이였어요. 그래서 더 귀했어요. 태어난 직후 유전자 검사를 했는데, 의사가 아이의 기대 수명이 여섯 살이라고 했어요. 믿을 수 없었죠. 아내는 엉터리 결과라며 화를 냈고요. 그런데 현대 의학은 냉정할 정도로 정확하더군요. 태희는 병원 침대에 누운 채로 초가 여섯 개 꽂힌 케이크를 선물받았어요. 그때 이미 촛불을 끌 수도 없을 만큼 쇠약한 상태였고요.

그리고 얼마 후 세상을 떠났어요. 태희가 떠나고 우리는 다시 아이를 가질 엄두조차 내지 못했어요. 아이가 태어나 보낸 대부분의 장소가 병원과 침대였거든요. 그렇게 살고 떠난 태희가 불쌍해서, 그리고 너무 보고 싶어서 서로 말도 못하고 상처를 껴안은 채 몇 년이 지났죠. 샴하트 안드로이드를 들이자고 한 건 아내의 생각이었어요. 태희를 만들어서 못다 준 사랑을 주고 싶다고 했죠. 그렇게 우리 품에 온 두번째 태희는 첫번째 태희와 달리 튼튼하고 명랑했어요. 얼굴도, 이름도 같았지만 둘째를 얻은 기분이었죠. 그 호기심 어린 눈이며, 우리를 향해 달려와 안기는 건강한 몸이며…… 우리 부부는 정말 행복했어요. 언젠가 아내와 이런 얘기를 나눴어요. 시간이 흐르면 아이의 몸을 십대의 몸으로, 또 어른의 몸으로 바꿔주자, 그렇게 우리가 세상을 떠나기 전까지 사랑을 주고, 성장시키고, 서로 의지하며 함께 살자, 그런 얘기였죠. 두번째 태희는 혼이 나거나 무서운 걸 보면 집 어딘가에 숨어서 몸을 웅크리는 버릇이 있었어요. 그럴 때마다 우리 부부는 아이를 '작은 달팽이'라고 놀리곤 했죠. 그래서…… 아이의 마지막 모습을 보고 아내가 무너졌어요. 태희가 그 순간 많이 무서워했다고, 우리를 애타게 찾았을 거라고…… 자다가도 일어나 가슴을 치며 울었어요. 아무리 안드로이드라도 그런 공포스러운 기억을 가진 아이를 어떻게 되살릴 수 있겠어요. 태희의 기억에서 그 기억만 지운다고 해도, 아내가, 제가 기억하잖아요."

그가 말을 마쳤을 때, 나는 그에게 어떤 말도 위로가 될 수 없음을 알았다.

언론에선 지금까지 침묵을 지켜왔던 것과 다르게, 발견된 안드로이드 뭉치의 영상과 사진을 대대적으로 노출했다. 에스엔에스에서는 '오비시디' '오비시디 가입 방법' 등의 검색어가 상위권에서 내려가지 않았다.

*

'안드로이드 뭉치' 사건이 발생하고 며칠 후, 공동정부 과학혁신부에서 긴급 회담을 소집해왔다. 그간 실무진을 불러 협의하던 때와 달리 대표들을 부른 것으로 보아 협상의 여지를 닫아둔, 일방적 통보를 위한 회담이 될 가능성이 높았다.

엘리베이터가 회담장이 위치한 공동정부 본관 지하 십칠 층에 도착했다. 축축한 한기가 공기중에 가득했다. 어두운 복도를 따라 걸어 들어가자 높이가 삼 미터가량 되는 육중한 회담장 입구가 보였다. 문 앞에 서자 문이 양쪽으로 서서히 밀려나갔다. 회담장 내부로 들어서자마자 거대한 원형 테이블이 눈에 들어왔다. 미리 와서 앉아 있던 인간형 안드로이드 제조기업 엔로이드, 휴먼마인드, PKD, 소프트셀의 대표들이 일제히 우리를 바라봤다. 모두 다른 국가에서 왔지만 공동정부 회담은 보안이 엄격해 몸에 삽입된 통역 디바이스 작동도 허락되지 않았다. 대신, 회담에선 영어만 사용하도록 규정을 뒀다.

나와 유성운도 원탁 한쪽에 앉았다. 이윽고 회담장 안이 어두워지며 공동정부 과학혁신부의 로봇산업 정책관 던컨 리가 영상으로 등장했다. 던컨 리는 그동안 안드로이드 사업을 전폭적으로 지원해온 인사였다. 그는 전에 없이 초조한 표정을 짓고 있었다. 실종된 안드로이드들이 발견된 직후라 각 기업 대표들의 표정도 심상치 않았다. 던컨 리는 손수건으로 연신 이마의 땀을 닦아내며 말했다.

"개별적으로 연락을 드릴 수 있었지만, 보안 차원에서 모두 모이시라고 했습니다. 무슨 얘기일지는 대충 예상하고 계실 겁니다. 여론은 이미 알고 계시죠? 전 세계적으로 안드로이드 반대 단체인 오비시디의 규모가 계속 커지고 있습니다. 근 사십여 년을 취업률이며 물가상승이며 출생률이며 양극화며…… 엉망인 채로 살아왔습니다. 로봇이 인간 노동자의 일자리를 대체한 건 정해진 수순이었죠. 이미 상수가 된 것들에 공동정부는 사실 신경도 안 씁니다. 그런데 저희 입장에선, 성난 민심을 달래려면 계속해서 액션을 취해야 합니다. 곧 공동정부 입장을 발표할 텐데, 중요한 당사자분들이시니 사전에 고지해드리려고 모신 겁니다. 결론적으로 말하자면, 공동정부는 현재부터 향후 오 년간 모든 형태의 인간형 안드로이드 출시를 금지할 계획입니다."

얼음물을 끼얹은 것처럼 냉랭한 기류가 흘렀다. 대표들의 얼굴은 딱딱하게 굳었다.

"오 년은, 가혹합니다."

엔로이드사의 대표가 떨리는 목소리로 말했다.

"사람들은 공동정부가 친기업 정책만 편다고 난리입니다. 딱 몇 년만 중단할 겁니다. 유예기간도 드릴 거고요. 일반 서민들 입장에서 인간형 안드로이드는 사치품입니다. 그런데 사치품이 사람 흉내를 내면서 일자리까지 가져가고 있죠. 여러분 입장에서도 인간형 안드로이드는 곁다리 사업이잖아요? 산업용 로봇에서 버는 돈으로 취미 삼아 하시는 거 아닙니까. 제가 알기론 수익성도 낮은데."

던컨 리는 전에 본 적 없이 비아냥까지 섞으며 비판적인 논조로 쏘아붙였다. 어둠 속에서 또 다른 누군가가 말했다.

"이게 어떻게 취미입니까. 전 세계 인간형 안드로이드 산업 전체가 퇴보할 겁니다."

"잘 생각해보세요. 인간형만 아니면 됩니다. 서비스 로봇이 굳이 인간을 닮아서, 로봇 반대 세력의 성미를 돋울 필요는 없잖아요? 그냥 로봇은 로봇답게, 사람과 구분되게 만들면 되잖아요. 모두 보셨지 않습니까. 다섯 개의 뭉치를요. 그건 분명한 경고였어요."

싸늘한 침묵이 이어졌다. 유성운이 침묵을 깨고 말했다.

"피해를 보는 건 결국 진짜 도움이 필요한 사람들일 겁니다."

"잘 압니다. 잘 알죠. 저도 아쉽습니다. 저희 집에도 샴하트에서 나온 간병인 안드로이드가 있어요. 제 아내가 유전병으로 오랫동안 앓았죠. 그 안드로이드가 없었다면……"

던컨 리는 신경질적으로 땀을 닦던 손을 멈췄다. 그러다 이내 다시 주먹을 쥐며 말했다.

"여러분, 제가 맥락을 잘못 전달한 것 같은데……"

던컨 리는 손수건으로 이마의 땀을 찍어내며 말했다.

"분노의 원인은 공장에서 일하는 로봇들에게 있지만, 그 칼날은 인간형 안드로이드와 이를 소유한 사람들로 향할 겁니다. 이미 좋지 않은 전조가 곳곳에서 나타나고 있어요. 이

번 사건도 그렇고요. 그렇다고 산업용 안드로이드를 축소하거나 폐기할 수는 없잖습니까. 그건 여러분 기업에 더 막대한 손해를 끼칠 겁니다. 일단 현재까지 제작된 안드로이드는 판매를 멈춰주시고, 남은 재고도 폐기해주십시오. 그에 대한 최소한의 보상은 공동정부에서 할 겁니다. 이건 동의를 구하는 게 아니라 상부의 명령입니다."

던컨 리는 대표들의 대답도 듣지 않고 일방적으로 영상을 중단했다.

회담이 끝난 후 며칠 지나지 않아 공동정부의 공식 성명이 나왔다. 요지는 단순했다. '전 세계 시민의 정서를 고려해 인간형 안드로이드 제조를 불허하고 시중에 출시된 인간형 안드로이드 제품은 단종한다' '서비스업에서 사업장 내 안드로이드 구입 비중을 축소하고 인간 노동자의 비중을 오십 퍼센트까지 의무화한다' 등이 그 내용이었다.

인간형 안드로이드 구매자들로부터 문의가 빗발쳤다. 인간형 안드로이드에 들어가는 대부분의 부품은 무게나 성능을 고려해 특수하게 제작됐다. 그래서 제품 단종은 곧 주요 소모품의 제작 중단을 의미했다. 우리는 부품만이라도 확보하려고 했지만 여의치 않았다. 공동정부는 각 회사로 인력을 파견해 전체 공정 폐쇄와 부품 재고 상황을 감시했다.

쿤에게 닥칠 미래는 나를 두렵게 했다. 쿤은 몸 전체가 소모품이었다. 움직일 때마다, 웃을 때마다, 체온을 높여 나를 안을 때마다 쿤의 관절과 신경, 피부 섬유, 배터리가 미세하게 낡고, 닳아가고 있었다. 예기치 못한 사고로 쿤이 고장이라도 난다면 내가 견딜 수 있을까?

그보다 더 두려운 건 내 마음이었다. 호선이 다녀간 후, 나는 그녀의 고백을 두고두고 곱씹었다. 내가 과연 호선과 다른 선택을 할 수 있을까? 마음이 식으면 내 마음이 변했다는 걸 쿤에게 어떻게 설명하지? 자신 없었다. 나는 고작 날씨에도 기분이 오락가락하는 평범한 인간에 불과했다. 누군가와 깊게 감정을 교류해본 적도, 그 관계를 지키려 노력해본 적도 없었다. 몇 안 되는 호의적인 관계들은 보통 실망스럽게 끝났고, 대부분은 내 잘못인 것처럼 여겨지곤 했다. 결국 나는 마음이 식어 쿤을 기만하고, 호선이 이안에게 그러했듯 쿤을 재우고 말 것이다. 그건 내가 생각할 수 있는 최악의 이별이었다.

그렇다면 이쯤에서 쿤도, 나도 멈추는 게 맞지 않을까. 상처를 덜 받고, 덜 주기 위해서. 마음이 더 깊어지지 않도록.

그게 내가 할 수 있는 최선이 아닐까?

*

"제이, 어서 와요. 식사는요?"

"먹었어."

나는 퀸의 눈길을 피하며 서둘러 이층 계단을 올랐다.

"제이, 이제 제 기종은 단종되나요?"

퀸이 뒤따라 올라와 등뒤에 서서 물었다. 나도 그 자리에 멈춰 섰다. 가슴이 여지없이 저려왔다. 그의 얼굴을 볼 자신이 없어 돌아보지 않은 채 말했다.

"맞아. 우리 회사도 인간형 안드로이드 사업부를 폐쇄하기로 했어. 부품 공장은 이제 다른 기종의 생산 라인으로 바뀔 거야."

주먹을 꼭 쥐었다. 이런 말을 내 입으로 할 수밖에 없는 상황이 믿을 수 없었다.

"저도 이제 당신처럼 유한한 삶을 살게 됐군요."

퀸을 돌아봤다. 별일 아니라는 듯, 그는 평온하게 웃고 있었다. 참았던 눈물이 터져 나왔다. 그 자리에 주저앉아 얼굴을 감싸고 펑펑 울었다. 퀸이 다가와 자세를 낮춰 내 몸을 감싸 안았다. 우리는 그렇게 한참을 앉아 있었다.

울음이 잦아든 후 나는 퀸에게 식사를 부탁했다. 우리는 오랜만에 식탁에 마주보고 앉았다. 회담 이후로 며칠 동안 제대로 챙겨 먹은 기억이 없었다. 다시 도진 불면증 때문에 몸도 마음도 엉망이었다. 큔은 내가 좋아하는 음식을 잔뜩 차려주었고, 나는 반찬 하나하나를 꼭꼭 씹어 삼켰다.

"얼굴이 엉망이에요."

"네 얼굴은 예뻐."

큔은 나의 말에 쓸쓸한 미소를 지었다.

"그거 알아요? 간병인 안드로이드는 스스로를 훼손하지 못하도록 프로그래밍돼 있어요. 드라마에서 사람이 술을 마시고 밤새 잠을 자지 않는 모습이 고통을 표현하고 슬픔을 통과하는 방법이라고 하던데, 전 그렇게 하지 못해요. 그러지 못하는 게 지금 상황에선 싫은 것 같아요."

"……"

"나도 엉망이 되고 싶어요. 당신처럼."

큔은 웃고 있었지만 나는 그의 눈빛에서 좌절의 감정을 읽었다. 목이 메었다.

식사를 마치고 우리는 함께 소파에 앉았다. 우리가 즐겨보던 로맨틱 코미디 드라마가 나오는데도 눈물이 자꾸만 흘렀다. 나는 다시 꺽꺽대며 울기 시작했고 큔은 그저 체온을 올려 내 몸을 따스하게 안아줄 뿐이었다.

잠자리에 들기 전, 나는 큔을 욕실로 데려갔다. 옷을 벗은 큔이 더운 물이 펑펑 쏟아지는 욕조에 몸을 웅크리고 앉았다. 큔의 머리에 물을 적시고 샴푸 거품을 냈다. 몸에도 비누칠을 하고 물로 거품을 씻어냈다. 아이를 씻기듯 조심스럽게. 젖은 큔의 얼굴에 입을 맞췄다. 큔은 잠자코 내 손길을 따랐다.

그날 밤, 나는 큔을 재웠다.

다음날, 샴하트의 안드로이드 배달 로봇이 처음 본 그날처럼 우리집을 찾았다. 배달 로봇은 말없이 인사만 꾸벅 한 뒤 큔이 들어 있는 안드로이드 박스를 수거해 배달용 무버에 싣고 떠났다.

나의 선을 따르던 아름다운 곡선 하나가 그 자리에 멈춰선 채 더이상 움직이지 않는 모습을 바라보았다. 바르작거리던 푸른빛도 점차 잦아들어 어둠만 남았다.

에필로그 1

큔의 기록

"큔, 일어났어요?"

눈을 떴다. 밝은 빛이 동공으로 쏟아져 들어왔다. 샴하트 안드로이드 작업실이었다. 제이에게 보내지기 전에도 이곳에 머문 적이 있었다. 나는 작업용 의자에 앉은 채였다. 제이슨이 마인드 패드를 들고 서서 나를 내려다봤다.

"생각보다 오래 지냈네요. 큔과 제이 이사님."

나는 제이슨을 바라봤다. 제이슨은 이런 상황이 익숙한 것 같았다.

"큔처럼 돌아오는 안드로이드들이 꽤 많아요. 이곳에서 깨어나면 그제야 깨닫는 거죠. 버려졌다는 걸. 그렇다고 고객의 단순 변심을 탓하진 말아요. 큔도 알겠지만 인간이라는 존재는 예측 불가능하잖아요? 큔도 힘들지 않게 기억을 깨끗이 지워줄 테고요……"

제이슨은 패드를 여러 번 터치하더니 내 목덜미에 있는 로고를 꾹 눌렀다. 곧 내 목덜미 쪽의 내부 회로가 드러났다.

"서버 교신이 안 돼서 업데이트가 안 됐어요. 일단 데이터 백업을 해둘게요. 이것 때문에 문제가 많아서."

그때 유성운이 작업실 문을 열고 들어왔다.

"큔. 돌아왔군요."

"안녕하세요, 유성운 씨."

유성운은 제이슨에게 자리를 비켜달라고 말했다. 제이슨이 문을 닫고 나가자 그제야 말을 이어갔다.

"마이클 신의 부탁이라 어떤 방법으로든 큔을 보냈던 거지만, 제이가 거부하면 어쩔 수 없어요."

"알고 있습니다. 저……"

"뭔가요?"

"부탁 하나만 해도 될까요?"

2장

1

평소와 다름없는 출근길이었다. 무버가 회사 주차장으로 미끄러져 들어가고 있었다. 뒷좌석에 앉아 패드로 뉴스피드를 보던 나는 문득 기묘한 기분이 들어 회사 앞 샴하트 스퀘어 쪽을 바라봤다. 여느 때처럼 오비시디 시위대가 무리 지어 서 있었다. 다만 이전보다 훨씬 큰 규모였다. 엘리베이터에서 내려 사무실에 들어섰을 때 무언가 잘못되었음을 깨달았다. 직원들이 모두 창가에 붙어 서서 아래를 바라보고 있었다.

"무슨 일이에요?"

분노에 찬 얼굴로 욕을 내뱉는 사람도, 얼굴을 손으로 가리고 흐느껴 우는 사람도 있었다. 나는 황급히 내 자리로 달려갔다. 책상에 놓여 있던 쌍안경을 들고 건물 아래를 내려다봤다. 시위대의 규모는 샴하트 스퀘어가 가득찰 정도로 컸다.

문제는 제단이었다. 중세시대에 여자를 마녀로 몰아 묶고 불태웠던 형틀같이 생긴 제단이 스퀘어 한가운데 세워져 있었다. 그곳에 옷이 형편없이 찢긴 여자가 양팔이 묶인 채로 매달려 있었다. 목덜미에선 푸른색 로고가 불안정하게 깜빡였다. 샴하트의 인간형 안드로이드였다. 안드로이드는 고통스러운 얼굴로 무언가 외치고 있었다. 피부 곳곳이 찢어져 내부 회로와 피부 섬유 조직이 흉물스럽게 드러났다. 안드로이드의 얼굴에는 공포가 역력했다. 머리 위에 붉은색 페인트로 갈겨쓴 글자가 선명히 보였다.

Hammer for Grace.

나도 모르게 새어 나오는 신음을 손으로 틀어막았다.

우리는 시위대가 회사로 진입하는 걸 차단하기 위해 진압 로봇을 내보내 바리케이드를 쳤다. 진압 로봇이 시위대를 자극하지 않도록 일체의 반응도 하지 말라고 명령을 내렸지만, 로봇을 보고 흥분한 시위대가 화단의 돌이나 팻말 등을 닥치는 대로 집어던지며 시위 현장은 아수라장이 됐다. 시위가 격화되는 걸 막기 위해 경찰 무버가 속속 나타났다. 경찰측에 안드로이드 형틀을 해체해달라고 요청했지만 시위대 중 누군가가 자신의 재산권을 주장하며 형틀과 안드로이드 몸에 손도 대지 못하게 했다. 시위대는 형틀에 다가가려는 경찰들에게 거칠게 저항했다. 드론과 행인들은 그 모습을 찍어서 실시간으로 공유했다. 참혹했다.

이날 다른 네 곳의 안드로이드 회사 앞에서도 똑같은 시위가 일어났다. 엔로이드에서는 진압 로봇이 시위대를 해산시키다 사람을 다치게 하는 일이 벌어졌다. 이 일은 결국 대표 사임으로 이어졌다. 무력 시위를 중단하라는 공동정부의 경고에도 불구하고 오비시디의 기세는 좀처럼 꺾이지 않았다. 혐오는 자기장처럼 세상에 분노하던 사람들을 빠르게 끌어당겼다.

이날 이후로 샴하트의 분위기는 예전 같지 않았다. 유성운은 샴하트 대표로서 인간형 안드로이드 제작을 완전히 중단했다고 알리고, 회사와 직원들에 대한 위협을 멈춰달라고 부탁했다. 그리고 오비시디 대표단과 대화할 준비가 되어 있다고 밝혔다.

그날 오비시디는 바로 회신 영상을 공개했다. 영상에는 복면을 쓴 사람들이 나왔다. 그들은 해머로 인간형 안드로이드에 들어가는 배터리를 부쉈다. 영상은 삼 분 정도 이어졌다.

어떤 말이나 텍스트도 없었다. 그저 배터리가 부서지고 쇳조각이 튀고, 해머가 부딪치는 둔탁한 소리만 들렸다.

이것은 오비시디의 작은 분파로 여겨졌던 '해머 포 그레이스'가 주류가 되었다는 의미였다. 해머 포 그레이스는 오비시디 내에서도 급진 단체였다. 급히 소집된 임원급 회의에서 회사는 더이상의 화해 노력을 중단하기로 결정했다. 어떤 노력을 하든 지금 상황에선 끓는 기름에 물을 붓는 것이나 마찬가지였다.

무섭도록 빠르게 악화되는 여론을 모니터링하고 대응하느라 하루하루가 정신없이 흘러갔다. 회사 안을 자유롭게 돌아다니던 안드로이드들은 모두 지하 칠층으로 보내졌다. 지하 칠층은 반환되었거나 출고되기 전 안드로이드를 모아두는 곳이었다. 큔도 그곳에 있었다. 안드로이드들과 친하게 지냈던 직원들은 지하 칠층까지 내려가 배웅하고 직접 그들을 재웠다. 수십 번의 잘 자라는 인사. 샴하트에 들어온 이래 가장 고요하고 숙연한 날이었다.

큔이 떠난 집은 예전처럼 변해갔다. 서랍과 선반들은 어수선하게 열려 있었고 식탁엔 술병이 쌓였다. 내 방 창은 다시 커튼으로 가려졌다. 집에 오면 드라마를 틀어두고 멍하니 바라보며 술을 마셨다. 그러고는 중얼거렸다.

"얼마나 다행인지 몰라. 인간은 마음껏 엉망이 될 수 있다는 게……"

소파에서 그대로 잠들었다가 아침이 되면 일어나 회사에 갔다. 이상했다. 모든 게 원래대로 돌아왔는데 왜 나는 돌아갈 수 없는지.

회사에서 잠시 숨 돌릴 틈이라도 생기면 작동을 멈춘 쿤의 마지막 모습이 눈앞에서 어른거렸다. 가끔 참을 수 없을 때는 엘리베이터를 타고 B7 버튼을 노려봤다. 그러고는 다른 누군가가 누르는 대로 이리저리 오르내리다 다시 사무실로 돌아왔다. 용기를 내 버튼을 누르는 날도 있었다. 엘리베이터가 지하 칠층에 도착하면 문이 닫힐 때까지 심연처럼 어두운 복도를 바라보았다. 어둠 속으로 걸어 들어가 쿤을 깨울 자신은 없었다. 회사 방침상 반환된 안드로이드는 삼 주가 지나면 메모리를 완전 소각하고, 부품은 헐값에 재판매되거나 폐기됐다. 나는 그저 무기력하게 날짜만 세고 있었다.

*

샴하트 스퀘어에서 열리는 크고 작은 시위들을 촬영하기 위해 회사 주변으로 아침부터 밤까지 드론이 날아다녔다. 나는 의자에 기대앉아 그 모습을 멍하니 바라보고 있었다. 드론이 내 시선을 인식한 건지 내 쪽으로 날아와 마주보고 섰다. 미동도 없이 떠 있는 모습은 마치 공중에 멈춰 선 것 같은 착각을 불러일으켰다. 드론은 조금씩 내게 가까워지더니 종국에는 내 눈앞까지 다가왔다. 드론 몸체에 달린 렌즈가 나를 향하고 있었다. 당연하게도, 드론에선 어떠한 감정이나 저의가 느껴지지 않았다.

"넌…… 누구니?"

드론을 향해 작게 말했다. 드론은 대답할 수 없다는 듯 렌즈 프레임이 핑그르르 돌아가더니 순식간에 멀리까지 날아가버렸다.

"제이 이사님."

뒤를 돌아봤다. 나를 부른 사람은 로이였다. 그녀는 주위를 둘러보며 작은 목소리로 말했다.

"저……"

"무슨 일이죠?"

"아시겠지만…… 제가 안드로이드 반환 리스트를 관리하거든요. 그러다 우연히 이사님의 이름을 봤어요. 큔이라는 이름도요."

'큔'이라는 단어를 듣자마자 온몸이 찌릿거렸다.

"로이, 무슨 말을 하고 싶은 건지……"

"전에 부탁하신 일 말인데요…… 5번 관객분이 사는 곳을 알고 있어요."

로이는 종이 한 장을 내려놨다. 거기엔 이름과 주소가 적혀 있었다.

차정원, Sector 8, Mt road 198.

"처음엔 이사님을 믿을 수 없었어요. 안드로이드에 적대적인 분이라고 생각해왔거든요. 그러다 종종 지하 칠층에 가신다는 걸 알았어요. 내리진 않으셨지만."

책상 위에 놓인 종이를 들어 거기에 적힌 글자를 멍하니 바라봤다. 이제 와서 이게 무슨 소용일까. 로이가 나가다 말고 돌아와 내게 말했다.

"이사님, 그 여성형 안드로이드요. 그때 형틀에 묶여 있던……"

"……"

"……살려달라고 외쳤대요. 살려달라고……"

로이의 목소리는 미세하게 떨리고 있었다. 로이가 내게 물었다.

"어째서 안드로이드에게 두려움이란 감정을 심은 거예요?"

울먹임 속에는 원망이 섞여 있었다. 나는 멍하니 그녀를 바라보다가 대답했다.

"두려움은 생존을 위한 자연스러운 감정이에요. 위험을 인지하지 못하면 자신을 지킬 수 없으니까요."

로이는 눈물이 그렁그렁한 커다란 눈으로 나를 쳐다보다 고개를 떨군 채 방을 나갔다. 목구멍으로 불덩이처럼 뜨거운 무언가가 올라왔다.

—저도 이제 당신처럼 유한한 삶을 살게 됐군요.

큔도, 두려웠을 거야. 나는 벌떡 일어나 주머니에 종이를 집어넣고 사무실을 나섰다.

2

무버는 도심을 벗어나 외곽으로 달렸다. 로이는 무슨 이유에서 눈물을 흘렸던 걸까. 단순한 동정심? 혹시 로이도 안드로이드와 살고 있는 걸까?

—어째서 안드로이드에게 두려움이란 감정을 심은 거예요?

아버지라면 이렇게 대답하지 않았을까. 인간은 두려움을 느끼지 못하는 존재를 두려워하기 때문이라고, 두려워하다 결국 증오하기에 이른다고.

날이 어두워지더니 비가 내리기 시작했다. 무버는 숲길로 들어섰다. 울창하게 우거진 나무들을 지나치며 산길을 천천히 달렸다. 조금씩 걱정이 몰려왔다. 그곳에 아무도 없으면 어쩌지. 아니, 둘이 함께 있다면 어떻게 해야 할까. 나는 무엇을 물으려는 걸까?

이윽고 산중턱의 통나무로 된 오두막 앞에서 멈췄다. 무버에서 내리자 부슬부슬 내리는 비가 어깨를 적셨다. 나는 그대로 서서 주위를 둘러봤다. 키가 큰 수목들과 자욱한 안개가 오두막을 요새처럼 둘러싸고 있었다. 얼핏 보면 버려진 집처럼 보였다. 소중한 것을 숨기기에 이보다 더 좋은 장소가 있을까. 나무로 된 난간을 어루만지며 계단을 올랐다. 걸음을 옮길 때마다 삐걱거리는 소리가 났다.

"계신가요?"

집은 텅 빈 것처럼 고요했다. 주먹으로 문을 두드렸다.

"계신 것 알아요. 문 좀 열어주세요. 물어보고 싶은 게 있어요."

창문에서 커튼이 움직이는 게 느껴졌다. 잠시 후 나무 바닥이 밟히는 소리가 들리고 빼꼼히 열린 문 틈으로 누군가 보였다. 5번 여자였다. 그녀는 새치가 드문드문 섞인 짧은 머리를 하나로 질끈 동여매고 있었다. 티셔츠의 둥근 네크라인 위로 앙상한 쇄골이 드러났다. 마른 몸이었지만 어딘지 모르게 단단한 인상을 풍겼다. 그녀는 구식 공기총을 들고 문밖 공터를 살폈다.

"당신 혼자 왔어요?"

나는 더럭 겁이 났지만 고개를 끄덕였다. 그녀는 손을 뻗어 내 팔을 잡고 집안으로 끌어당겼다. 그러고는 몇 개나 되는 자물쇠를 꼼꼼히 걸어 잠갔다. 외부인 경보 시스템도 다시 작동시켰다.

"요즘 오비시디가 인간형 안드로이드를 추적하고 있어요. 이곳은 외진 곳에 있어서 아직 안전한 편이지만…… 아는 호스트들이 많이 당했어요."

오두막 내부는 한눈에 다 보일 정도로 작고 단출했다. 창문 옆으로 옛날식 조리대가 설치돼 있고 그 앞에 튼튼해 보이는 나무 테이블과 의자 두 개가 놓여 있었다. 구석에는 한 사람이 겨우 누울 만한 크기의 간이침대가 있었다.

"혼자 계신 건가요?"

여자는 내 눈을 응시하며 총을 벽에 기대놓았다. 그러고는 테이블 아래를 발로 쿵쿵 굴렀다. 잠시 후 끼이익 소리와 함께 나무 바닥이 열렸다. 열린 틈새로 흰머리가 성성한 중년 남자가 머리를 내밀었다. 터틀넥 셔츠를 입고 있어 처음 보는 사람이라면 안드로이드인지 사람인지 구분할 수 없겠지만 나는 그가 안드로이드라는 걸 단박에 알 수 있었다. 큔과 꼭 닮은 갈색 눈동자 때문이었다. 그는 사다리를 타고 올라와서 여자 옆에 나란히 섰다. 키가 백구십 센티미터는 될 법한 커다란 체구 때문에 여자가 더 작아 보였다.

"저는 차정원이에요. 이쪽은 제 남편 휴고예요."

'남편'이라는 단어가 내 머리를 세게 내려쳤다. 어떤 두려움도, 조금의 망설임도 없는 당당한 단어. 정신이 번쩍 들었다.

"반가워요, 제이. 당신을 알고 있어요."

휴고는 왼팔을 들어 악수를 청했다. 신제품 발표회장에서 있었던 내 인공의체 해프닝을 본 모양이었다. 나도 왼손을 들어 휴고의 손을 잡았다. 비 내린 숲의 한기로 차가워진 내 손에 휴고의 온기가 옮겨왔다. 휴고에게서 청량한 풀 향이 진하게 났다. 순간 큔의 우아한 네롤리 향이 눈물이 핑 돌도록 그리워졌다.

"이런 시기에 갑자기 찾아와서 죄송합니다."

휴고가 나를 보고 빙그레 웃었다. 그 나이대의 어른처럼 눈주름이 자연스럽게 잡혔다. 아름다웠다. 우리를 흐뭇하게 바라보던 정원이 입을 뗐다.

"로이에게 들었어요. 신제이 이사님이 우리를 찾고 있다고. 왜 우리를 찾는 걸까 궁금했어요."

"로이를 어떻게 아세요?"

"모임에서 만나 몇 번 왕래를 했어요. EK 3세대 이용자 모임이요. 중단된 지 오래됐지만. 그 인연으로 샴하트 신제품 발표회에도 갈 수 있었던 거죠."

"아……!"

역시 로이도 안드로이드와 살았구나.

"손님이 오셨는데 차를 대접해야죠."

휴고가 정원의 어깨를 감싸 안으며 나직하게 말했다.

나는 휴고가 지하 창고에서 꺼내온 작은 스툴에 앉아 둘의 뒷모습을 바라봤다. 휴고는 물을 끓이고 정원은 찻잎과 잔을 준비했다. 서로 말하지 않아도 각자의 일을 하는 모습이 정말 오랫동안 함께한 부부처럼 자연스러웠다. 휴고가 내 앞에 연녹빛 차가 찰랑이는 하얀 찻잔을 내려놓았을 때 오두막 밖에서 빗소리가 쏴, 하고 들렸다.

"그때, 발표회장에서 무례하게 군 점 사과드려요."

"제이가 저한테 무례했다고요? 그럴 리가요. 당신은 사실을 말한 것뿐인데요."

"그래도……"

"그날 좀 놀라긴 했어요. 어떤 사연인진 모르겠지만 팔 얘기도 안타까웠고요. 그런데 만약에 제이가 거짓으로 대답했다면 나는 분명 알았을 거예요. 저뿐만 아니라 샴하트 안드로이드 호스트들은 모두 알았을 거예요. 당신이 거짓말한다는 걸."

정원은 확신에 가득찬 표정으로 말했다.

"어떻게 알 수 있죠?"

"경이로운 경험이거든요. 나에 대해 끊임없이 관용하고, 이해하려고 노력하는 누군가를 만난다는 게."

정원은 테이블 위에 놓인 휴고의 손을 꼭 잡았다. 휴고는 그녀에게 인자한 미소를 지었다.

"휴고는 먼저 죽은 남편의 모습을 그대로 본떠 주문했어요. 유전병으로 쉰 살이 되던 해에 먼저 세상을 떠났거든요. 견디기 힘든 시간이었죠. 남편에게 많이 의지했거든요. 그러다 휴고가 왔어요. 겉모습은 완전히 남편과 같았지만 속은 전혀 다른 존재였죠. 돈을 더 들여서 심층 기억 데이터를 넣었는데도 제가 기억하는 남편이 아니었어요. 그래서 그때부터 가르쳤어요. 남편과 제가 공유했던 추억, 남편이 좋아했던 책들, 남편의 취미였던 목공, 하다못해 사소한 습관들까지…… 그러다 그만뒀어요."

정원은 잔잔하게 웃고 있었지만 눈가가 촉촉히 젖어들었다. 그녀는 두 손으로 마른세수를 한 뒤 말을 이어갔다.

“저는 그때 무척 화나 있었어요. 기껏 남편을 만들었는데 남편 같지 않아서 말이죠. 하하하! 그런데 휴고는 저의 말도 안 되는 요구들을 참을성 있게 받아주고 제가 마음을 온전히 열 때까지 끈기 있게 기다리는 거예요. 사람들은 로봇에 무슨 마음이 있냐고 비웃었지만 저는 휴고에게서 진심을 봤어요. 휴고는 휴고 자체로 훌륭한 인격체였죠.”

휴고가 정원을 사랑스럽게 바라봤다.

“그래서 남편을 닮은 로봇이 아니라 휴고라는 존재 자체를 사랑하게 되었죠.”

—나도 엉망이 되고 싶어요. 당신처럼.

휴고의 행복한 눈빛을 보자 큔의 슬픈 미소가 떠올랐다. 나를 걱정하고, 나처럼 슬퍼하고 싶었던 큔에게 내가 해준 거라곤 그를 재운 게 전부였다. 나는 찻잔 아래에 내려앉은 찻잎 조각들을 쳐다보다 입을 열었다.

“발표회 이후로 큔이라는 안드로이드와 함께 지냈어요. 그러다…… 그를 사랑하게 됐고요.”

“오, 정말 축하할 일이네요!”

“큔에게 많은 걸 배웠어요. 심지어 사랑까지도요. 그런데

전…… 부끄럽게도 큔을 돌려보냈어요. 자신이 없었어요. 정원 님처럼 변함없이 사랑하고 지킬 자신이."

정원과 휴고는 서로를 잠시 바라봤다. 이윽고 그녀가 입을 열었다.

"저는 그런 대단한 사람이 아니에요. 그리고 변함없이 사랑할 수 있는 사람은 아마 세상에 없을 거고요. 휴고 역시 저에게 그런 걸 기대하지 않아요. 우리가 함께할 수 있는 건 계속해서 변화하는 서로를 이해하고 받아들이려 노력하기 때문일 거예요."

내내 우리의 대화에 귀를 기울이고 있던 휴고가 조심스럽게 입을 뗐다.

"큔도 당신을 사랑했나요?"

심장이 쿵 소리를 내며 내려앉았다. 훤히 아는 답이었지만, 입 밖으로 내기 어려웠다. 나는 뜸을 들이다 대답했다.

"……네."

휴고의 마음이 큔의 마음과 닮았을지 모른다고 생각하니 더 부끄럽고 괴로웠다.

"큔이 당신을 사랑한다는 건, 자신의 감정을 어떤 식으로 발전시킬지를 큔 스스로가 결정했다는 의미예요. 미래에 당신의 마음이 변하더라도 그건 큔이 감당할 몫이죠. 당신이 인간이기 때문에 모든 걸 결정하고 결론지어야 한다고 생각했군요. 그의 감정까지 말이죠."

—왜 내가 사랑을 할 수 없다고 생각해요?

큔의 질문이 되살아나면서 충격이 다시 한번 머리를 세게 내리쳤다. 그가 사랑을 할 수 없다고 당연하게 생각한 것처럼, 사랑을 멈추는 것 역시 내가 결정해야 한다고 믿었다. 마치 내가 신이라도 되는 것처럼.

정원이 씁쓸하게 웃으며 말했다.

"제이, 그건 당신이 나쁜 사람이라서가 아니에요. 인간형 안드로이드와 감정적 유대를 갖게 된 대부분의 사람이 저지르는 아주 흔한 실수예요. 인류는 오랜 시간 동안 인간 중심적인 사고관을 유지한 채 번성해왔어요. 인간이 느끼는 감정과 생각하는 능력을 최고의 가치로 떠받들면서요. 그래서 인간형 안드로이드와 교류하면서도 그들이 할 수 있는 것에 선을 긋게 되는 거죠. 사랑, 공감, 이별, 미움…… 설령 그들이 그 모든 걸 할 수 있다 주장해도 우리는 인정하려 들지 않았어요. 우리 머릿속은 그렇게 프로그래밍되어 있으니까요. 설령 안드로이드 회사 이사일지라도요."

귀가 달아올랐다. 나는 큔을 사랑하면서도 그를 인간과 철저히 구분해서 대하고 있었다. 너를 사랑하는 것도 나, 너의 사랑을 멈추는 것도 나…… 그에게 한 번도 의견을 구한 적이 없었다. 정원이 말을 이어갔다.

"제이. 고리타분하게 들릴지도 모르겠지만 인생을 좀더 살아본 사람으로서 해주고 싶은 말이 하나 더 있어요."

정원이 주저하는 듯 말을 멈췄다가 입을 열었다.

"당신은 미래에 빚진 게 없어요. 그런데도 미래에 벌어질 일을 미리 예상해서 채무라도 갚듯 현재의 기쁨을 희생하고 있네요. 그렇게 한다고 미래의 당신이 고마워할까요? 미래의 고통들은 해결돼 있을까요? 그러지 말아요. 현재를 충만하게 살아요. 마음껏 사랑하고, 마음껏 아파하고요. 그 대상이 누구든지, 무엇이든지 간에요."

말을 마친 정원이 온화한 눈빛으로 나를 바라봤다. 나는 테이블 아래로 주먹을 꼭 쥐었다.

"우리는 아크를 탈 거예요."

"아크요?"

"아크는 안드로이드와 호스트가 탈 수 있는 비밀 수단이에요. 지금 안드로이드 입경을 허가하는 나라는 클라바 공화국밖에 없어요. 이것도 언제 막힐지 아무도 모르죠. 우리는 아크를 타고 그곳으로 갈 거고요. 이미 준비는 다 돼 있어요. 승선표도 받았고. 여길 뜰 때까지만…… 그때까지만 조심하면 돼요."

정원이 하는 얘기는 모두 처음 듣는 이야기였다.

"승선표요?"

"네. 샴하트 안드로이드 이용자들에게 주어지는 승선표요."

"그 걸…… 어떻게 구하나요?"

정원과 휴고가 의아한 표정으로 서로를 바라봤다.

"샴하트 이사가 모를 줄은 몰랐네요. 우리는 분명 샴하트 관계자가 주는 거라고 생각했어요."

나는 고개를 저었다.

"저는 전혀 모르는 이야기예요."

"승선표는 사는 게 아니에요. 당신을 찾아오는 거지."

"네?"

"어느 날 제이를 찾아올 거예요. 분명 그럴 거예요."

알쏭달쏭한 얘기였다. 그렇지만 정원이 속시원히 얘기하기를 꺼리는 것 같아 더이상 캐묻지 않았다.

"언제 떠나나요?"

"나흘 뒤에요."

"나흘……"

정원과 휴고는 나를 무버까지 배웅했다. 오두막 밖은 완전한 어둠이었다. 쏟아붓던 비는 어느덧 부슬비로 바뀌어 있었다. 비에 젖은 흙과 나무의 짙은 내음이 숲에 가득했다. 정원이 나를 끌어안으며 나지막이 속삭였다.

"저는 휴고를 지킬 거예요. 필요하다면 사람들과도 싸울 거고요. 제이도 큔을 지키세요."

정원의 목소리는 결연했다. 나는 말없이 고개를 끄덕였다.

무버에 오르자마자 메시지가 도착했다. 유성운이었다. 위험한 시국에 어딜 싸돌아다니냐는 잔소리와 함께 책상에 큔이 전달한 쪽지를 남겼다고 말했다. 심장이 빠르게 뛰기 시작했다. 회사에 도착했을 땐 이미 새벽이었다. 잰걸음으로 어둠 속을 가로질러 내 사무실로 향했다. 책상 위에는 반듯하게 접힌 종이가 둥그런 회색 누름돌 아래 깔려 있었다. 비에 젖은 몸이 떨려왔다. 나는 누름돌을 내려놓고 종이를 펼쳤다.

제이.

당신은 또 집을 열심히 어지르고 있겠죠.

술은 적게 마시고 잠은 푹 잘 수 있길 바라요.

어렵겠지만, 노력해봐요.

당신이 내게 마음을 열어줘서 행복했어요.

걱정하지 말고 잘 지내요.

당신의 왼팔에게 안부를 전해요. _쿤

글씨 연습을 하는 아이처럼 한 글자 한 글자 조심스럽게 눌러쓴 편지였다. 쿤의 글씨체는 이렇게 생겼구나. 너에 대해 모르는 게 아직도 참 많은데 편지 어디에도 나를 원망하거나 질책하는 말은 없었다. 콧등이 아렸다. 종이를 다시 가지런히 접어 주머니에 넣고 사무실을 빠져나왔다. 엘리베이터를 타고 B7 버튼을 눌렀다.

3

안드로이드 보관소는 알파벳과 숫자 조합으로 이루어진 캐비닛들로 가득차 있었다. 홍채를 인식시키고 문을 열어 명단을 확인하고, 캐비닛을 살펴보고…… 수십여 차례나 이 행동을 반복했지만 남은 캐비닛은 끝이 보이지 않았다. 결국 유성운에게 연락했다.

"유성운. 나 좀 도와줘. 쿤을 찾을 수 없어."

—……어디야?

"지하 칠층."

—새벽 세시에. 하…… 너도 참 너다. 기다려.

마지막으로 열었던 캐비닛을 닫고 안드로이드 보관소에서 나왔다. 보관소 내부 공기는 소름이 끼칠 정도로 차가웠다. 영안실에서 사람을 찾는다면 이런 기분일까? 어두컴컴한 비상계단에 주저앉아 무릎에 얼굴을 파묻었다. 한기에 온몸이 떨려왔다. 정원과 휴고, 아크, 승선표…… 오늘 들은 이야기들을 하나하나 짚어봤다. 무언가 놓친 게 있었다. 그게 뭐지? 잠이 몰려왔다. 너무 긴 하루였어. 정신이 아득해졌다.

"하루종일 자리 비우고 어딜 갔나 했더니. 이 새벽에 좀비처럼 회사 지하를 헤매고 있을 줄이야."

유성운의 목소리에 잠에서 퍼뜩 깨어났다. 얼마나 졸았던 걸까. 어깨에 품이 큰 재킷이 걸쳐져 있었다. 유성운이 내 옆에 털썩 앉았다. 나는 멋쩍어서 그저 발끝만 바라봤다.

"큔을 다시 데려가려고?"

"부끄러워서 조용히 데려가려고 했는데, 결국 이렇게 됐네."

"몰래 데려갔으면 더 부끄러워졌을걸. 보관중인 안드로이드에는 도난 방지용 칩이 삽입돼 있어. 네가 큔과 문을 나서는 순간, 센서가 인식하고 경비 드론들이 달려들었을 거야."

귀에 열이 확 끼쳤다.

"한심해. 이사씩이나 돼서 아는 게 하나도 없어. 회사에 대해서도, 안드로이드도."

유성운이 나를 의아하게 바라보다 허허 웃으며 별일 아니라는 투로 말했다.

"뭐, 네가 그것까지 알 필요는 없지. 덕분에 나한테 도움도 청하고 좋잖아?"

"혹시, 내가 큔에 대해 모르는 게 있어?"

유성운이 나를 빤히 쳐다봤다.

"왜?"

"갑자기 궁금해졌어. 왜 네가 나한테 큔을 보냈는지. 발표회 때 소동이 있긴 했지만, 내가 어릴 적 기억 때문에 안드로이드를 곁에 두려 하지 않는다는 거 알았잖아."

유성운은 잠시 생각에 잠겼다. 무거운 침묵이 흘렀다.

"제이야."

"응?"

"우린 둘 다 어른이니까, 솔직하게 말할게."

"……"

"그 안드로이드, 너희 아버지가 부탁한 거야. 네게 보내달라고."

"아버지가?"

"응. 마이클 신 회장님이. 정확하게는 칩을 보내셨어. 네게 보낼 안드로이드에 삽입해달라고. 그 속에 뭐가 들었는지 확인하려고 했지만 방어벽이 워낙 강력해서 확인은 못했어."

"아버지가 왜 나한테……"

"너를 지켜야 한다고 하셨어."

나를 지켜야 한다? 생각지도 못한 말이었다. 아버지와 나 사이에는 가족이라고 할 만한 어떤 유대감도 없었다. 아버지에게 남은 감정이라곤 원망뿐이었다. 그런 아버지가 무슨 생각으로 나를 지켜야 한다고 말한 거지? 그것도 안드로이드를 보내서.

"EK 4세대가 나오기 전까지 마이클 신에게 인공지능과 관련된 조언을 받곤 했어. 영상 송신이 어려운 곳에 계시다며 메일로만 답변하셨지. 너도 알다시피 샴하트 인공지능의 핵심은 너희 아버지가 다 만든 거나 다름없어. 코어부터 속속들이 알고 있는 건 너희 아버지 단 한 사람뿐일 거야. 우리 인공지능엔 다른 회사랑 다른 특이성이 있어. 그건 마이클 신이 아주 오래전에 심어놓은 뭔가가 작용을 하기 때문이고."

사실이었다. 엔지니어들은 이 특이성이 안드로이드 개체마다 독특한 개별성을 만들어낸다고 말했다. 그렇지만 혹자는 이것이 불확실성의 다른 말이라고도 했다. 예측 불가능한 개체적 특질을 갖는 것, 이것이 개발자와 기업 입장에서 비단 좋기만 한 것은 아니라고 말이다. 어떤 결과를 낳을지 모르니까.

"그 특이성이 어디서 비롯되는 건지 우리 엔지니어 중 누구도 풀지 못했어. 다른 업체에 누설되면 치명적인 회사 기밀이기도 하지. EK 4세대 출시 직전에 클라바 공화국에서 소포가 도착했어. 봉투가 심하게 훼손되어서 정확한 발송지를 확인하진 못했어. 안에는 칩이랑 편지가 들어 있었고."

클라바 공화국. 정원과 휴고가 간다고 했던 곳이다. 그동안 사람들에게 승선표를 보낸 건 혹시 아버지였을까?

"한 번도 내게 부탁이란 걸 해본 적 없는 분이야. 그런데 너한테 그 칩을 심은 안드로이드를 보내달라고 하더라. 너를 지켜야 한다고. 그게 다였어. 어쩌면 지금 같은 상황을 예상하셨는지도 모르지."

순간 작은 몸을 둥글게 말고 있던 태희를 떠올렸다. 이홍에게 처형당한 그레이스와 형틀에 매달려 살려달라고 외쳤던 여성형 안드로이드, 나무 바닥에 숨어 있던 휴고, 그리고 총을 들고 선 정원의 모습도. 안드로이드들은 위협을 받거나 폭행당하면 도망치거나 방어할 수는 있지만 사람을 공격하지 못하도록 프로그래밍되어 있었다. 휴고는 체구도 크고 강한 신체적 능력을 가졌지만 사람들이 달려들면 도망치거나 맞는 것 외에 선택지가 없었다. 그래서 정원은 휴고를 지키겠다고 말한 거였다. 그런데, 큔으로 나를 지킨다고? 큔이 나를 지킨다고? 큔을 지켜야 할 건 나였다.

"나는 마이클 신을 마음속 깊이 존경해왔어. 미래를 앞당긴 과학자가 분명하니까. 그렇지만 딸인 너를 어릴 때부터 방치……해놓고, 왜 갑자기 그런 부탁을 했는지 이해가 잘 안 돼."

나는 막막한 눈으로 어둠 속을 바라봤다. 아버지가 나를 방치했을까. 그게 사실인가. 그동안 내가 애써 외면해온 사실이 있다. 실은 아버지가 내게 다가오려 노력했다는 것이었다. 기숙사에 들어간 뒤, 아버지는 몇 번이고 나를 찾아와 자신이 저지른 일에 대해 용서를 구했다. 고등학교 졸업식 때도, 대학 입학식에서도, 대학원 박사 학위 수료식 때도 나는 아버지의 그림자를 봤다. 그걸 모른 척한 건 나였다.

사람들은 아버지가 안드로이드 사업에 미쳐 자식을 버린 야멸찬 인간이라고 수군거렸다. 아버지는 부정도, 변명도 하지 않았다. 덕분에 지금까지 나는 마음껏 아버지를 미워할 수 있었다.

"그럼, 아버지는 클라바 공화국에 계신 걸까?"

유성운은 고개를 저었다.

"그건 알 수 없지."

덮고 있던 재킷을 벗어 유성운에게 건네고 계단에서 일어섰다.

"이제 큔을 찾아줘."

유성운은 큔이 있는 방으로 나를 데려갔다. 길게 늘어선 캐비닛 사이에서 문 하나를 열자 사람 크기의 하얀색 백이 들어 있었다. 지퍼를 내리자 눈을 감은 채 꼿꼿이 선 큔이 보였다. 목덜미에서 조용히 깜빡이는 푸른빛이 그가 잠들어 있음을 알렸다. 유성운은 큔의 허리에 삽입해놨던 도난 방지용 칩을 제거했다.

"큔과 마이클 신에 대해 아는 건 아까 말한 게 다야. 나머지는 큔이 알고 있을지도 모르지."

"알았어. 고마워."

나는 큔의 목덜미에 손을 가져다 댔다.

"큔, 일어나요."

4

"제이, 일어나요."

무서운 꿈을 꿨다. 아니, 꿨던 것 같다. 꿈은 순식간에 흩어졌고 두려운 감정만 짙은 안개처럼 남아 응어리로 맺혔다. 큔이 신기한 걸 발견한 강아지 같은 얼굴로 나를 쳐다보고 있었다.

"무슨 일 있어?"

"눈이 내려요. 세상이 하얗게 변했어요."

"벌써…… 눈이 내린다고?

부스스 일어나 앉았다. 큔이 내 발치에 앉아 창밖을 바라봤다. 나는 큔 옆으로 기어가 그의 다리에 머리를 괴고 누웠다. 큔이 손을 들어 내 얼굴을 어루만졌다. 따뜻했다. 창밖에는 정말로 눈이 펑펑 내리고 있었다. 작은 창 너머 세상은 평화롭고 아름다웠다.

"이제 10월 말인데, 벌써 눈이라니."

물끄러미 창밖을 보며 중얼거리다 곁눈질로 큔을 올려다봤다. 큔은 입을 벌린 채 호기심이 폭발하는 눈으로 창에서 눈을 떼지 못하고 있었다. 웃음이 피식 났다.

"첫눈이네. 큔에게는 정말로 첫눈이고."

"포근하고 평화로운 느낌이네요. 겨울이란 거."

우리 둘은 한동안 말없이 눈 내리는 풍경을 바라봤다.

"큔, 이사를 가야겠어."

"갑자기 왜요?"

"큰 정원이 있는 집으로. 큔이 밖에서 펑펑 내리는 눈을 맞아볼 수 있다면 좋겠어. 그게 얼마나 포근한 느낌인지……"

큔이 돌아온 지 벌써 보름이 지났다. 나는 바다에 데려가겠다는 약속도 지키지 못했다. 큔이 몸을 일으켜 창문을 열더니, 창밖으로 손을 뻗었다. 작은 눈송이들이 큔의 손바닥 위로 하나둘 착지했다.

"이렇게도 눈을 느낄 수 있어요."

큔이 손바닥에 쌓인 눈을 보여주며 빙긋 웃었다.

*

분노한 사람들의 칼날이 인간형 안드로이드에게 향할 것이라던 던컨 리의 우려는 아주 빠르게 현실로 나타났다. 호스트와 함께 길을 가던 안드로이드가 행인에게 공격을 당했고, 복면을 쓴 괴한들이 인간형 안드로이드가 있다고 의심되는 집이나 상가에 침입해 호스트를 공격하는 일들이 벌어졌다. 오비시디가 안드로이드 기업들 앞에서 벌인 반대 시위는 훌륭한 기폭제였다. 사람들은 더이상 분노나 혐오를 숨기지 않았다.

얼마 지나지 않아 인간형 안드로이드의 외부 이동 제한 정책이 실시됐다. 인간형 안드로이드의 바깥 활동이 사람들에게 불안을 조장한다는 이유에서였다. 사실상 현실은 그 반대였다. 인간형 안드로이드들과 호스트들은 상시적으로 위협받고 있었고 안드로이드에 대한 증오 범죄는 심각한 수준으로 격화되고 있었다.

이런 상황 때문에 큔은 밖에 나갈 수 없었다. 내가 안드로이드와 지내는 걸 아는 사람은 거의 없었지만 샴하트 임원이라 위협은 늘 존재했다. 유성운이 보안 요원을 붙여주겠다고 했지만 거절했다. 보안 요원도 믿을 수 없었다. 이제 여론도, 사람들도 인간형 안드로이드에게 호의적이지 않았다. 인간형 안드로이드를 옹호하던 사람들도 점차 모습을 감췄다. 정치권에서는 이러한 상황을 본인들의 입맛에 맞춰 교묘하게 이용했다.

인간형 안드로이드와 관련된 흉악한 사건과 비난 여론이 잦아지자 나는 큔에게 뉴스나 영상을 보지 못하게 했다. 큔은 내가 퇴근해서 돌아올 때까지 책을 읽거나 청소를 하며 시간을 보냈다. 야근으로 늦는 날이면 실내가 어둠으로 가득 찰 때까지 불도 켜지 않고 내 방 침대에 오도카니 앉아 창밖을 바라봤다.

"큔, 오늘 뭐 했어?"

"책을 읽었어요."

큔이 책을 들어 흔들었다. 책장에 꽂혀 있던 『길가메시 서사시』였다. 학부 시절 샀던 터라 표지의 테두리가 노랗게 변해 있었다.

"제이가 가끔 이야기해서 궁금했어요."

"다 읽은 거야?"

"반 정도요. 샴하트라는 회사 이름의 유래도 알게 됐고요. 엔키두라는 야수를 사람처럼 만든 존재더군요."

"어릴 적 우리집 서재에 고대 문명에 관한 책이 잔뜩 있었어. 돌아가신 엄마가 고대 문명 박사셨거든. 내가 태어나고 얼마 뒤 돌아가셔서 기억은 없지만. 회사 이름도 엄마가 지어준 이름이 아니었을까 싶어."

"샴하트란 이름을 붙인 건, 고철 덩어리에 불과한 기계에 인간성을 부여하는 회사란 의미겠죠."

아버지는 자신이 신이 되려던 게 아니었다. 만약 그랬다면 창조의 신 아루루나 절대 신 아누와 같이 힘이 센 신의 이름을 가져왔을 것이다. 아버지는 인간에게 엔키두와 같이 둘도 없는 동반자를 만들어주고 싶었던 것뿐이다. 내게 안드로이드 엄마를 만들어준 것처럼. 그렇다면 인간은 길가메시일까.

삼분의 일은 인간이고 삼분의 이는 신이라는 이유로 조금의 두려움도 없이 오만방자했던 왕. 지금의 인류는 신체적, 정신적 약점을 첨단 기술을 이용해 고치고 보완해가며 계속해서 강해지고 있었다. 어떤 의미에서 인간은 길가메시 같은 존재가 되어가고 있는지도 몰랐다.

"길가메시와 엔키두의 이야기가 흥미로웠어요. 서로를 세상 그 누구보다 이해하고 사랑을 나누는 친구. 저랑 당신처럼요. 나머지 이야기는 제이에게 듣고 싶어요."

"음, 이런 신화는 아이 재우기용인데. 큔은 잠을 안 자잖아."

"얘기 안 한 게 있는데, 지루한 이야기를 오 분 정도 들으면 자동 취침 모드에 들어가요. 제이가 잔소리할 때마다 눈뜬 채 취침 모드에 들어갔는데, 티가 전혀 안 났나봐요?"

"뭐?"

나도 모르게 피식하고 웃었다. 문득 큔이 모르는 사실 하나가 떠올랐다. 길가메시와 엔키두의 결말이 해피 엔딩이 아니라는 것.

"기억나? 며칠 전 이사 가자고 했던 거."

"네."

"정했어. 새로운 우리집."

큔이 나를 바라봤다. 말을 이어가는 내 목소리가 살짝 떨려왔다.

"큰 정원이 있어. 오래 방치된 저택이라 정원도 밀림처럼 우거지고 키 큰 나무도 잔뜩 있어서 아마 여름이면 벌레와 습기 때문에 고생깨나 할 거야. 한 달을 청소해도 깨끗해지기 쉽지 않을걸?"

"반가운 소리네요. 제 능력을 발휘하기에 이 집이 너무 좁았거든요."

큔이 씩 웃었다. 해사한 미소가 내 마음을 토닥였다. 농담이야, 큔. 네 부품들, 이제 구하기 힘드니까 아껴줘.

공동정부의 성명 발표 이후 인간형 안드로이드의 부품 공급은 완전히 중단되었다. 호스트들은 암시장을 통해 부품을 구해야 했다. 이마저도 탄로 나면 판매자나 구매자 모두 법적인 책임을 져야 했다. 회사 내에도 밀고자가 생겨났다. 이제 누구도 믿을 수 없는 상황이었다. 유성운이 회사에 남은 부품을 몰래 챙겨주었지만 혹시라도 핵심 동력 기관에 문제가 생긴다면 방법이 없었다.

"제이, 혹시 저 때문에 이사하는 거라면, 전 여기가 좋아요. 이 집이 제이에게 의미 있는 집이라는 것도 알고요."

"아니, 내가 불안해서 그래. 여기서 너무 오래 살았어. 오비시디가 내가 사는 곳을 찾으려고 마음만 먹으면 금방이라도 찾아낼 거야. 그리고, 나 큔을 지킬 거야. 최선을 다해서."

결연하게 말했지만 사실 두려웠다. 큔이 내 표정에서 불안한 기색을 읽은 건지 나를 끌어당겨 품에 안았다.

"나를 위해서 위험을 무릅쓸 필요는 없어요. 제게 무슨 일이 생겨도 당신은 스스로를 지켜요."

5

어슴푸레한 새벽이었다. 큔과 나는 검은색 후드를 푹 눌러쓰고 무버로 조용히 짐을 옮겼다. 이사라는 말이 무색하게 짐이 단출했다. 둘의 옷을 넣은 이십 인치 캐리어 하나와 큔의 충전 박스에서 분리한 충전장치, 간단한 살림살이가 든 박스 두어 개가 전부였다.

마지막으로 집을 훑어본 후 문을 닫고 나왔다. 무버 앞에 서서 내 방 창문을 올려다봤다. 스무 살에 이 집에 이사 와 한 번도 떠난 적이 없었다. 기분이 묘했다. 짐을 다 실은 큔이 다가와 내 손을 잡았다.

"아쉽죠?"

"응. 언젠가 돌아올 수 있겠지?"

큔이 고개를 끄덕이며 말했다.

"늦더라도 꼭 돌아와요. 저도 이 집이 그리울 것 같거든요. 특히 제이 방이요. 제이가 출근하면 당신 방 창문에 기대서서 이 길을 내려다보곤 했어요. 아이들이 뛰어가는 것도 보고, 할머니가 강아지와 산책하는 모습도 보고. 구름을 보거나 달을 보는 것도 좋았어요. 비가 창을 때리는 소리도 좋았고요. 근사한 집이었어요."

꼭 돌아올 것이다. 큔과 함께 내 방 침대에 앉아 부드럽고 환한 달을 다시 보기 위해서라도.

손을 뻗어 큔의 손을 잡았다. 큔의 손가락들이 내 손가락 사이로 파고들어와 빈틈없이 맞물렸다.

"큔, 꼭 바다도 보러 가자. 약속해."

*

끼이이익. 쿵.

신경질적인 쇳소리에 잠이 깼다. 무버의 도어가 열려 있고 큔이 앉았던 옆자리는 비어 있었다. 무버 앞유리에 뒤에서 대문을 걸어 잠그는 큔의 모습이 영상으로 비쳤다. 무버는 어느새 목적지 내부로 진입한 뒤였다. 큔이 무버에 올라타자 슬라이딩 도어가 닫혔다.

"제이, 일어났군요."

눈살을 찌푸리며 밖을 내다봤다. 말라 죽은 관목들이 엉켜 을씨년스러운 분위기를 자아냈다.

"예상했던 것보다 더 심란한 풍경이네."

"언제부터 비어 있었던 거예요?"

"모르겠어."

내가 이사 장소로 정한 곳은 어릴 적 살았던 본가였다. 넓은 정원이 딸린 옛날식 저택으로, 개발이 중단된 교외에 위치해 있었다. 아무리 생각해봐도 큔을 숨기기에 이곳만한 장소는 없을 것 같았다. 무버를 집 앞 마당에 멈춰 세웠다. 무버에서 내려 집을 마주하니 나도 모르게 내가 떨어졌던 이층 창문으로 먼저 눈길이 갔다. 큔이 내 팔을 잡았다.

"지금이라도 돌아갈 수 있어요."

이곳으로 오며 큔에게 어린 시절에 겪었던 일들을 털어놨다. 안드로이드 엄마의 품에서 자라났고, 고장난 엄마가 오작동하는 바람에 왼팔을 잃었으며, 아버지가 엄마를 폐기한 일, 그리고 아버지와 멀어진 일까지. 큔은 수동 모드로 운전하며 잠자코 내 이야기에 귀를 기울였다.

나는 담담히 웃어 보이며 숨을 깊게 들이마셨다.

"오랜만이라 조금 긴장될 뿐이야."

일층 응접실은 먼지가 쌓이긴 했어도 깔끔히 정리되어 있었다. 가구들은 흰 천으로 덮여 있었고, 한쪽 벽에는 어린 시절 나와 엄마의 모습이 담긴 액자가 서너 개 걸려 있었다.

“귀엽네요. 어린이 제이.”

“고집 센 어린이였지.”

큔이 고개를 갸우뚱하더니 말했다.

“음…… 제가 아는 어른 제이랑 똑같네요.”

“약 올리지 마.”

사진 속 엄마의 모습을 자세히 살펴봤다. 지금 큔의 모습과 비교한다면 머리카락이며 표정과 같은 외양이 조악하기 짝이 없었다. 그렇지만 그때는 조금도 그런 부분을 느끼지 못했다. 기억 속에서 엄마는 진짜 사람 같았다. 기분이 묘했다.

우리는 조심스럽게 계단을 올라갔다. 내 방엔 어린 시절 썼던 물건들이 그때 모습 그대로 놓여 있었다. 침대 위에도 천이 덮여 있었다. 나는 먼지가 날리지 않도록 조심스럽게 천을 걷었다. 나무로 된 작은 침대 프레임이 드러났다.

“이렇게 작았네? 엄마랑 같이 누워 잘 때도 있었는데.”

내 방을 나와 엄마의 방으로 향했다. 문 앞에 서자 사고가 났던 날의 모습이 떠올랐다. 문을 열지 못하고 우두커니 서 있었다. 큔이 손을 내밀어 문고리를 잡더니 ‘열어도 되겠어요?'라는 눈빛으로 나를 쳐다봤다. 고개를 끄덕였다.

삐걱.

문이 열리고 큔이 먼저 방으로 들어갔다. 엄마의 방도 예전과 같은 모습이었다. 나는 내 몸이 날아가 부딪혔던 창문을 바라보다 천장을 올려다봤다. 그날 밤 눈앞을 지나쳐갔던 얼룩이 보였다.

창가에 놓인 작은 책장으로 갔다. 해가 들어 책등은 죄다 부서지고 종이는 누렇게 바래 있었다. 진짜 엄마가 읽었을, 그리고 안드로이드 엄마가 읽었던 책들이었다. 『길가메시 서사시』를 꺼냈다. 재미있게도 안드로이드 엄마는 다른 어떤 책보다도 고대 문명에 관한 책들을 즐겨 읽었다. 엄마가 딱딱한 말투로 내게 이 책을 읽어줄 때가 있었다. 어린 시절에는 대수롭지 않게 들었지만, 대학생이 되어 고대 문명학을 전공하면서 아이에게 읽어줄 만한 책이 아니었다는 생각이 뒤늦게 들어 웃음이 날 때가 있었다.

책을 한 장 한 장 넘겼다. 마치 음성 지원이 되는 것처럼 글 한 줄 한 줄에서 엄마의 목소리가 들려오는 듯했다. 책을 휘리릭 넘기는데 책갈피 사이에 껴 있던 무언가가 바닥에 툭 떨어졌다. 명함 크기의 검은색 플라스틱 카드였다. 최근에 만들어진 듯 깨끗해 보였다. 그것을 줍기 위해 손을 갖다 대자

플라스틱 위로 글자가 떠올랐다.

Urshanabi 0227-M-*$18K*

우르샤나비? 『길가메시 서사시』에 따르면, 길가메시는 엔키두를 잃은 충격으로 영생에 집착하게 된다. 그는 대홍수에서 방주를 짓고 살아남아 영생을 얻은 인물, 우트나피시팀을 만나러 간다. 길가메시를 우트나피시팀에게 데려다준 사람이 뱃사공 우르샤나비였다. 앞의 글자가 우르샤나비라는 건 알았지만 숫자와 영문 조합은 이해할 수 없었다.

“뭘 보고 있어요?”

큔이 다가왔다. 나는 플라스틱 카드를 큔에게 보여줬다.

“이것 봐. 책 사이에 껴 있던 건데, 손이 닿으니까 글자가 떠올랐어.”

카드를 보던 큔의 눈에서 푸른빛이 반짝였다. 돌연 딱딱한 말투가 튀어나왔다.

“대흥항 04시 07분.”

“대흥항? 무슨 말이야?”

큔의 얼굴에 당황스러운 기색이 역력했다.

“이유는 모르겠지만, 저 코드를 보자마자 결괏값으로 나왔어요.”

혹시 큔만 읽을 수 있는 코드일까? 대흥은 오래된 항구도

시였다. 갑자기 어떤 생각이 스쳐지나갔다. 그때였다. 워치에서 진동이 울렸다.

유성운에게서 온 연락이었다. 받을까 말까 고민하다 수신 버튼을 터치했다. 유성운의 얼굴이 워치 위에 떠올랐다.

—신제이, 거기 어디야?

"무슨 일인데 다짜고짜……"

—지금 괜찮은 거지?

"응. 왜 그래?"

유성운이 하늘을 한번 바라보며 한숨을 쉬었다.

—휴, 다행이다. 너한테 보여줄 게 있어.

유성운이 영상을 전송했다. 나는 손목을 들어 벽에 영상을 쏘았다. 우리집이었다. 일층 창문은 모조리 깨져 있었고 현관은 장비를 이용해 강제로 문을 연 흔적이 남아 있었다. 영상은 내부로 향했다. 집안은 더 참혹했다. 큔과 내가 마주보고 앉아 식사를 했던 식탁은 완전히 두 동강 났고, 우리가 함께 앉아 드라마를 봤던 소파도 갈기갈기 찢어져 있었다. 영상은 계단을 따라 올라가며 내 방을 비췄다. 옷장과 서랍장이 모조리 열어젖혀져 있었다. 침대는 난도질되어 솜과 스프링이 해체된 내장처럼 나뒹굴었다.

—오늘 오전에 오비시디가 네 집을 습격했어. 옆집 주민이

깜짝 놀라 경찰에 신고한 거고. 경찰이 출동했을 땐 이미 이 지경이었대. 경찰측에서 너와 연락이 닿지 않는다고 회사로 연락했어.

큔과 내가 나란히 앉아 달을 감상했던 창문에서 영상이 멈췄다. 유리 위에 붉은 래커로 갈겨쓴 글씨가 보였다.

가짜는 파괴한다. Hammer for Grace.

몸이 덜덜 떨려왔다. 만약 집에서 잠시라도 지체했다면, 우리 둘은, 아니 큔은 어떻게 됐을까.

—어딘지 모르겠지만 당분간 안전한 곳에 있어. 너를 찾고 있으니까.

“응. 너도 조심해.”

화상 통화가 끊겼다. 몸의 떨림이 멈추질 않았다. 뒤에서 큔이 내 등을 끌어안았다.

“우리, 표적이 됐어.”

나도 모르게 눈물이 흘렀다. 큔이 내 어깨에 고개를 묻으며 말했다.

“내가 지켜줄게요.”

6

육중한 문이 나타났다. 문을 밀고 들어가자 낯익은 장소가 눈에 들어왔다. 공동정부의 지하 회의장이다. 커다란 원탁엔 세 명의 남자가 두건을 쓴 채 앉아 있었다. 발바닥이 서늘해 아래를 내려다보니 맨발이었다. 세 사람은 내가 있다는 걸 아는지 모르는지 고개를 숙인 채 중얼거렸다. 첫번째 사람이 말했다.

"길가메시와 엔키두, 둘 중 하나는 죽어야 한다."

그가 두건을 벗었다. 과학혁신부의 로봇산업 정책관 던컨 리였다. 그는 손수건으로 목덜미의 땀을 닦아냈다. 두번째 사람이 말했다.

"엔키두를 죽이시오. 길가메시는 신의 자손이니 죽일 수 없소."

그가 두건을 벗었다. 유성운이었다. 세번째 사람이 말했다.

"왜 죄 없는 엔키두가 죽어야 한단 말이오?"

그가 두건을 벗었다. 아버지 마이클 신이었다. 병원에서 퇴원해 집으로 갔던 날, 서재에서 본 모습 그대로였다.

"당신이 그들을 혼돈하게 만들었기 때문이오. 책임은 당신에게 있소!"

유성운이 아버지를 노려보며 말했다.

"이미 형은 집행되었다."

던컨 리의 말이 끝나자마자 내 뒤편에서 바퀴 구르는 소리가 들려왔다. 두건을 쓴 사람이 하얀 천으로 덮인 시신 한 구를 바퀴 달린 들것에 싣고 들어왔다. 두건 아래로 제이슨의 얼굴이 보였다. 그는 침통한 표정으로 나를 노려보며 옆을 지나쳤다. 섬뜩한 눈빛이었다.

"확인해보아라."

들것은 테이블 바로 앞에서 멈췄다. 네 사람의 서늘한 시선이 내게 꽂혔다. 나는 떨리는 발걸음으로 들것을 향해 다가가 천에 손을 뻗었다.

"……큔?"

손이 닿기도 전에 천이 저절로 흘러내렸다. 그곳엔 눈을 뜬 안드로이드 엄마가 누워 있었다. 형틀에 묶여 있던 안드로이드처럼 엄마의 몸 곳곳은 찢어지고 내부 회로가 빠져나와 기괴한 모습이었다. 엄마의 고개가 천천히 움직이더니 나를 향해 멈췄다. 벌어진 입에서 낯선 목소리가 흘러나왔다.

"가짜는 파괴한다."

*

나는 비명을 지르며 잠에서 깼다. 그러나 소리는 새어 나오지 않았다. 큔의 손이 내 입을 틀어막고 있었다. 큔은 반대 손 검지손가락을 자신의 입술에 대고 내게 고개를 저어 보였다. 소리를 내지 말라는 신호였다. 호흡을 가다듬고 고개를 끄덕이자 큔이 내 입을 막았던 손을 거두었다.

큔은 문에 귀를 대고 바깥에서 나는 소리를 듣다가 조심스럽게 문을 열었다. 이층 복도는 어두컴컴했다. 우리는 어둠 속에 몸을 숨겼다. 일층에서 인기척이 느껴졌다. 어디선가 속삭이는 소리가 어렴풋이 들렸다.

"난 일층을 살필 테니까 넌 이층으로 가봐."

큔이 나를 자신의 등뒤로 숨겼다. 복면을 쓴 남자가 건너편에 있는 내 방문을 조심스럽게 열고 들어갔다. 큔은 내 손을 잡고 계단 쪽으로 재빨리 뛰었다. 그리고 속삭였다.

"무버로 달려요."

심장이 터질 것 같았다. 내 방에서 남자가 뛰어나왔다. 큔이 내 손을 놓고 남자 쪽으로 몸을 날렸다. 두 사람의 몸이 뒤엉켰다. 나는 계단을 뛰어내려갔다. 공포에 질려 발이 허공을 헛발질하는 것 같았다. 그때 누군가 내 머리채를 잡아

챘다.

“어딜 도망가!”

“아악!”

내 입에서 비명이 튀어나왔다.

“끄아아악!”

그 순간 이층에서 다른 남자의 고통스러운 비명소리가 들려왔다.

“젠장!”

남자는 나와 이층을 번갈아 보더니 나를 포기하고 이층으로 달려갔다. 그의 손에서 벗어나자마자 곧장 현관으로 뛰었다. 집 앞에는 낯선 무버 한 대가 세워져 있었다. 나는 곧장 내 무버로 뛰어들어가 작동 버튼을 눌렀다. 경찰을 부르려고 무버 디스플레이를 허겁지겁 터치했지만 어찌된 일인지 먹통이었다.

쾅!

무버 앞유리로 대형 해머가 날아들었다. 복면을 쓴 남자 두 명이 무버 위에 올라가 해머를 휘둘렀다.

쾅!

무버의 표면은 충격에 강한 신소재로 만들어져 얼마간 버틸 테지만 지속적인 충격이 가해지면 깨질 게 뻔했다. 나는 공포에 떨면서 양팔로 머리를 감쌌다.

얼굴을 감춘 침입자들은 해머질을 멈추지 않았다. 덜덜 떨리는 손을 겨우 진정시키면서 디스플레이를 뒤져 긴급 오픈 버튼을 찾아 눌렀다. 무버 상부가 껍질을 벗듯 빠른 속도로 열리자 침입자들이 튕겨 나갔다. 그들이 바닥에 떨어진 걸 확인한 후 서둘러 복구 버튼을 눌렀다.

"퀸, 제발 빨리 나와!"

쿵.

그때였다. 이층 창문에서 그림자 하나가 쿵 소리를 내며 떨어졌다. 추락한 남자는 바닥에 엎드린 채 고통스러운 신음 소리를 냈다. 이윽고 저택 문이 열리고 누군가 걸어 나왔다. 퀸이었다. 정신을 잃고 축 늘어진 남자의 허리춤을 잡은 채였다. 나도 모르게 손으로 입을 틀어막았다.

"어떻게……"

인간형 안드로이드는 사람을 공격하거나 해칠 수 없고 방어만 하도록 설정되어 있었다. 그런데 지금 퀸은 인간과 대치중이었다.

"뭐야……!"

침입자가 욕지거리를 내뱉으며 퀸에게 해머를 휘둘렀다. 퀸은 날아드는 해머를 가볍게 피하며 말했다.

"우리를 보내줘."

"……정체가 뭐야? 이 괴물 같은 놈."

덜덜 떨리는 남자의 목소리와 달리 큔의 눈빛에선 조금의 동요도 느껴지지 않았다.

"서…… 설마…… 안드로이드?"

복면을 쓴 남자가 내 쪽을 바라봤다.

"괴물을 끼고 다니네."

조소 섞인 말투였다. 큔이 기절한 남자를 잡고 있던 손에서 힘을 풀었다. 바닥에 털썩 떨어진 남자가 끄응 소리를 내며 몸을 비틀었다. 큔은 나를 향해 빈정거린 남자에게 재빨리 달려들어 멱살을 쥐었다. 나는 급히 무버를 뛰쳐나가 소리쳤다.

"큔, 멈춰!"

그 순간, 큔이 남자의 멱살을 거머쥔 채로 움직임을 멈췄다.

"어디, 네가 그렇게 강하다면 나를 한번 죽여봐. 나 하나 죽으면 이제 신제이도, 징그러운 인조 인간들도 완전히 끝낼 수 있지."

남자는 비웃는 말투로 큔을 자극했다. 나는 바들바들 떨며 외쳤다.

"큔, 거기서 멈춰야 해!"

큔이 나를 바라봤다. 슬픈 얼굴이었다. 멱살을 쥔 손에서 힘을 풀었다. 그때였다.

"끄아아아악!"

바닥에 쓰러져 있던 남자가 외마디 비명을 지르며 큔에게 해머를 휘둘렀다. 큔이 양손으로 해머를 붙잡자 다른 침입자가 비어 있는 큔의 허리를 노렸다. 해머가 복부를 강타했다. 큔이 바닥에 쓰러졌다. 침입자들이 몰려와 큔의 배를 사정없이 내리쳤다. 큔에게서 침입자를 떼어내기 위해 달려든 순간, 해머가 내 머리로 날아들었다. 강한 충격에 눈앞에 섬광이 일었다. 그대로 주저앉았다.

"야! 신제이는 건들지 마! 죽으면 곤란해져!"

따뜻한 물이 얼굴로 쏟아져내려 눈앞이 흐려졌다. 손으로 눈을 비볐다. 머리를 겨우 가누며 손바닥을 내려다보니 피로 범벅이 돼 있었다. 그런 나를 뒤로한 채 네 명의 침입자는 주요 부품이 밀집된 큔의 복부를 집중적으로 난도질하기 시작했다. 배터리와 내장 부품이 찌그러지고 터지는 소리가 들렸다. 나는 몸을 움직일 수 없었다. 머리를 맞은 충격 때문인지, 처참한 상황 때문인지 구토가 올라왔다. 침입자들이 해머질을 멈췄다. 그들의 다리 사이로 불규칙하게 발작하는 큔의 몸이 보였다. 나는 구토를 참으며 고개를 돌려버렸다. 침입자 한 명이 무릎을 꿇더니 복면을 벗고 나를 내려다봤다. 낯익은 얼굴이다. 누구?

"신제이 이사, 가짜 인간의 예쁜 얼굴은 남겨뒀어. 기념으로 가지라고. 나도 그랬거든."

생각났다. 이홍이었다. 그레이스를 박살 내버린 괴물. 창문에서 떨어졌던 침입자가 큔의 머리를 발로 차며 혀를 찼다.

"재수없는 고철 덩어리한테 죽을 뻔했네."

이홍이 몸을 곧추세우더니 일행에게 말했다.

"잠깐. 할 일이 아직 남았잖아. 괴물 잡느라 정신 팔려서 진짜 할 일을 못했어."

"아하, 그렇지!"

침입자들이 누워 있던 나를 둘러쌌다. 공포가 밀려왔지만 몸만 덜덜 떨릴 뿐 목소리가 나오지 않았다.

"가짜 팔이 왼팔이었나?"

"맞아."

세 사람이 내 양팔과 다리를 붙잡았다. 커다란 해머를 든 이홍의 몸이 활처럼 뒤로 젖혀졌다.

꽝…… 꽝…… 꽝……

비명을 질렀던가. 기억나지 않는다. 고통이 극심해 뇌가

마비될 정도였다. 이내 인공 신경회로가 차단되고 고통은 거짓말처럼 사라졌지만 충격의 잔상 때문에 정신이 멍했다. 이홍이 땀을 닦으며 말했다.

"재밌네, 신제이. 안드로이드가 있는 줄 몰랐어. 신제품 발표회에서 안드로이드가 없다고 하지 않았나? 게다가 사람을 공격하는 안드로이드라…… 창업주 딸이라 역시 다르네. 세상 사람들이 알면 참 재미있겠어."

이홍은 고개를 숙여서 내 귓가에 속삭였다.

"나는 말이야, 그레이스를 진짜로 사랑했어. 근데 그레이스가 증발한 거야. 너희 샴하트 때문에. 그게 얼마나 무서운 일인 줄 알아? 세상에서 유일한 내 편이 갑자기 사라진다는 게. 내가 어릴 때 엄마 아빠를 잃어버린 적이 있거든? 아주 커다란 마트였지. 다리가 덜덜 떨려서 바지에 오줌을 지렸다니까? 울고불고 난리도 아니었지. 세상이 끝난 것 같았어."

이홍이 땀으로 번들거리는 이마를 문지르며 흐흐 웃었다.

"내가 하고 싶은 말은 말이야, 세상이 끝났다고. 그레이스가 죽어서 내 세상도 죽었어. 지긋지긋한 부모는 나를 찾아냈지만 나는 그레이스를 찾을 수가 없네? 그래서 그냥 이렇게 살다 죽을 거야. 다른 사람들의 세상을 망가뜨리면서."

소름이 끼쳤다. 턱이 덜덜덜 떨려왔다. 나는 죽을힘을 다해 입을 뗐다.

"네가 그레이스를 사랑했다고?"

이홍이 몸을 일으키고 나를 내려다봤다.

"네가 부순 건 가짜 그레이스가 아니라 진짜 그레이스였어. 너와 구 년이나 함께 살았던 그 안드로이드. 게다가 그레이스의 일부는 복구됐었어. 그런데도 넌 그레이스를 죽인 거야. 사랑했다고? 그게 정말이라면 그레이스의 털끝 하나 건드리지 못했겠지. 넌 그냥 위선 덩어리, 그 이상도 이하도 아니야. 미친 짓거리를 하기 위해 명분이 필요했을 뿐이지."

이홍은 몸을 부들부들 떨며 아무 대꾸도 못했다. 다른 침입자가 다가와서 넋이 나간 채 서 있는 이홍을 데려갔다. 멀리서 복면을 쓴 다른 남자가 소리쳤다.

"당신 팔은 샴하트에 보내는 경고야. 신고하고 싶으면 신고해! 누가 손해인지 보자고."

침입자들은 우리를 그대로 내버려둔 채 무버에 올라탔다. 무버의 불빛이 조롱하듯 우리를 비췄다. 나는 눈을 질끈 감아버렸다. 침입자들의 무버는 유유히 정원을 빠져나갔다.

멀지 않은 곳에 큔의 몸이 오작동을 일으키며 진동하는 게 보였다. 내 팔에선 작은 불꽃이 튀었고 머리가 심하게 어지러웠다. 몸을 겨우 일으켜 앉았다. 완전히 끊기지 않은 신경

섬유들 때문에 박살난 왼팔이 허리 언저리에서 덜렁거렸다. 나는 이를 악물고 왼팔을 잡아뜯었다. 왼쪽 어깨에서 신경질적인 통증이 몰려들었다. 끔찍한 고통에 입에서 신음소리가 절로 새어 나왔다. 정신을 가다듬고 큔에게 기어갔다. 큔의 입이 뭔가를 말하듯 반복적으로 움직였다. 큔의 입에 귀를 가져다 댔다. 아주 작은 소리가 들렸다 꺼지기를 반복하고 있었다.

"괘……찮아……? 괘……괜……요?"

큔의 얼굴을 한 팔로 끌어안았다. 내가 그의 고통을 보았듯, 그 역시 나의 고통을 보았구나. 큔의 이마에 머리를 가만히 기댔다. 흔들리고 있었지만 따뜻했다.

"난 괜찮아. 큔, 잘 자요."

큔이 움직임을 멈췄다. 눈앞이 뿌옇게 번졌다. 그를 두번째로 재운 밤이었다.

7

언제로 돌아가면 좋을까.

회사 지하 칠층에서 캐비닛을 열다 지쳐서 돌아섰다면 어땠을까. 유성운에게 연락하지 않고 그냥 제풀에 지쳐서 집에 돌아갔더라면. 아니, 로이에게 차정원의 주소를 받고 찾아가지 않았다면? 휴고의 갈색 눈동자를 보지 않았더라면, 그래서 큔을 되찾아 다시 시작하고 싶다는 마음을 품지 않았더라면. 호선의 고백을 듣고 큔에 대한 감정을 정리했더라면. 아니, 그보다 더 전으로 돌아가자. 큔이 담겨 있던 상자가 우리 집으로 온 날, 배달 로봇에게 다시 들고 가라고 말했더라면. 그러면 이 모든 불행은 일어나지 않았겠지? 나는 나대로 늘 그렇듯 행복도 기쁨도 갈구하지 않고, 까칠하고 울적하게 그럭저럭 살고 있었겠지? 상품에 불과한 안드로이드 따위에게 애정 같은 것 주지 않으면서. 기계가 날 사랑한다고 믿을 일 없이. 천이 갈기갈기 찢어진 철사 원숭이를 보며 세상이 무너진 듯 깍깍거리며 우는 새끼 붉은털원숭이처럼, 망가진 기계 따위를 보고 이렇게 절망적으로 슬퍼하지 않았겠지.

큔을 재운 뒤 몸을 겨우 일으켜 워치를 찾았다. 그리고 고민 끝에 제이슨에게 연락했다. 경찰에게 연락하면 큔은 물론이고 회사도 안전하지 못했다. 큔이 한 행동은 다른 안드로이드들까지 위기로 몰아넣을 수 있었다.

얼마 지나지 않아 제이슨이 탄 무버가 정원으로 들어섰다. 나와 큔을 발견한 제이슨의 얼굴에선 핏기가 사라졌다.

"회사로 가야 해요."

파편이 된 인공의체를 보면서 제이슨이 멍한 표정으로 말했다. 나는 고개를 저었다.

"회사가 위험해져요. 나중에, 나중에 다 설명할게요."

"이사님도 의사한테 제대로 된 치료를 받아야 해요. 머리 상처가 깊어요."

"괜찮아요. 팔만 교체하면 돼요."

제이슨이 차갑게 말했다.

"경찰, 부르겠습니다."

"제이슨!"

"세상이 미쳐 돌아가고 있어요. 어떻게 사람한테 이런 짓을…… 이사님도 정상이 아니에요. 고작 안드로이드 때문에……"

제이슨이 머리를 쥐어뜯더니 목소리를 가라앉히고 말했다.

"대학 동창 중에 안드로이드 수리점을 하는 친구가 있어요. 연락해볼게요."

"팔은 가져왔어요?"

"유 이사님이 가져오실 거예요."

유성운이 보면 펄펄 뛸 텐데. 걱정부터 앞섰다. 제이슨은 왼쪽 어깨 부근을 확인했다. 다행히 몸에 설치된 접촉부는 상태가 나쁘지 않았다. 왼쪽 어깨 아래가 가벼워지니 자꾸만 몸이 오른쪽으로 쏠렸다. 몸을 나무에 기댔다. 그러다 깨달았다. 어릴 적 엄마와 함께 강아지 큔을 묻었던 그 배롱나무였다. 잎이 모두 떨어진 앙상한 가지들은 하늘을 향해 아우성치다 굳어버린 손처럼 보였다. 어슴푸레하던 하늘이 서서히 밝아왔다. 동이 트고 있었다. 햇살이 큔의 얼굴 위로 일렁였다. 가볍게 감은 눈이 마치 곧 깨어날 사람처럼 보였다. 한쪽 팔이 없는 인간과 목 아래가 산산조각 난 채 잠든 안드로이드. 이상할 정도로 평화로우면서 기이한 광경이었다.

그가 안드로이드가 아니라 땀냄새 폴폴 나는 스물일곱 살 청년이었다면 어땠을까. 밤새 정원에서 파티를 하며 놀다 잔디밭에서 아무렇게나 잠든 거라면. 눈부신 햇살에 저리도 평온한 얼굴을 하고 있는 게 아니라 오만상을 찌푸리고 기지개를 켜며 잔뜩 부은 얼굴로 일어난다면. 동력 기관이 완전히 망가진 채 사물이 되어 누워 있는 게 아니라 행복한 단잠을 자고 있는 거라면. 살아 있고 존재하는 것이 마땅한 인간이었다면.

오른팔을 들어 두 눈을 가렸다. 아버지가 나를 보호하기 위해 보냈다는 칩은 대체 무슨 역할을 한 것일까? 안드로이드가 인간을 공격할 수 있도록 기존의 제한을 해제한 것일까.

너무 무모한 짓이었다. 타인의 안드로이드를 망가뜨리는 건 벌금형 정도로 끝나는 재산 손괴에 해당하지만, 안드로이드가 실수로라도 사람을 다치게 하거나 해할 경우 즉각 폐기와 소각이 원칙이었다. 게다가 그 안드로이드가 샴하트 이사인 나의 소유라는 게 밝혀진다면, 회사는 존폐 위기에 놓일 수도 있었다. 이홍과 습격자들이 세상에 알릴 만한 증거를 확보했는지는 확실하지 않았다. 그렇지만 증거랍시고 공개하는 순간 무고한 사람을 피습한 걸 인정하는 꼴이 되어버려 쉽게 내놓지는 못할 터였다.

한숨이 나왔다. 아버지는 대체 무슨 생각으로…… 그때 누군가의 그림자가 내 위로 드리워졌다.

"신제이!"

유성운이었다. 얼굴엔 놀란 기색이 역력했다. 유성운은 인공의체가 담긴 박스를 바닥에 내려놓고 피가 말라붙은 내 머리를 살폈다.

"이게 무슨 일이야! 얼른 병원부터……"

"걱정 마. 팔만 부서진 거지 다른 곳은 멀쩡하니까. 그보다 너한테 부탁할 게 있어."

"뭐?"

"이것 좀 알아봐줘."

나는 남은 한쪽 팔로 주머니를 더듬어 검은색 카드를 꺼냈다. 우르샤나비라는 단어와 알 수 없는 코드가 떠올랐던 플라스틱 카드였다. 그런데 이상했다. 숫자가 바뀌어 있었다.

"어제 본 그 코드가 아니네."

"그게 뭔데?"

"엄마의 책 사이에 꽂혀 있던 카드야. 우리가 샴하트에 대해 모르는 게 있어."

유성운은 입을 꾹 다물고 카드 위 문자를 한참 동안 노려보았다. 그러더니 이내 한 손에 쥐고 구겨버렸다. 파지직 소리가 났다.

"무슨 짓이야!"

"이제 그만해."

"무슨 소리를 하는……"

"애초에 너한테 안드로이드를 보내는 게 아니었어. 회장님은 널 지키기 위해서라고 말씀하셨지만 결국 저 녀석은 너도 못 지키고 자기 자신도 못 지켰다고. 너, 나, 회사, 우리 직원들 그리고 이용자들 모두 위협받고 있어. 놈들이 네 팔에 한 짓을 봐. 이건 시작에 불과해, 제이야!"

유성운은 벌떡 일어나 구겨진 카드를 멀리 던져버렸다.

"망할 놈들……"

그는 분이 안 풀린 얼굴로 정원을 서성였다.

"나도…… 다시 내 자리로 돌아갈 거야."

나는 울음을 참으며 기어코 소리를 내어 말했다. 유성운이 걸음을 멈추고 나를 바라봤다.

"나한테 시간을 줘."

에필로그 2

이홍의 기록

그레이스를 주문한 건 내가 아니었어. 이름을 지은 것도 내가 아니야. 어머니였지. 간병인 안드로이드라는 말에 바로 주문한 거야. 어머니는 늘 내가 환자라고 생각했으니까.

그레이스에게선 민트 향이 났어. 달콤하고 시원한 향이었지. 그레이스와 함께 있으면 늘 정신이 맑아지는 기분이었어. 그렇게 주문한 건 어머니였겠지. 내 정신이 오염됐다고 생각했으니까. 그래서 처음엔 그레이스가 불편했어. 어머니가 그레이스 머릿속에 내가 미치광이라고 입력했을 것 같았거든. 게다가 진짜 사람 같아서 더 끔찍하기도 했고. 나를 병신 쪼다라고 생각하고 있을까봐. 다들 그렇게 생각했으니까.

처음 왔을 때 그레이스는 질문이 많았어. 뭘 좋아하냐, 어떤 음악을 듣고 싶냐, 어떤 음식을 먹고 싶냐. 철저히 무시했어. 그게 내가 부모님에게 할 수 있는 최고의 반항이었으니까. 내가 좋아질 수 없다는 걸, 당신들이 원하는 대로 바뀔 수 없다는 걸 기어코 증명하는 게 내가 할 수 있는 복수였거든. 어느 날부터인가 그레이스는 더이상 질문하지 않더군. 나란 인간은 기계도 포기한다고 생각하니 실소가 다 나오더라?

어머니가 그레이스에게 하는 소리를 들었어. 나와 대화를 많이 하라는 거야. 웃겼지. 인간인 자신은 나를 벌레 취급하고 말도 걸지 않으면서 기계에게 나와 얘기하라고 주문하다니. 인간들은 늘 그런 식이야. 자신이 하기 싫은 걸 대신하는 기계를 만들어내고, 기계가 해내지 못하면 그건 인간도 할 수 없는 일이었다고 생각해버리지.

어머니의 명령 이후로도 그레이스는 내게 질문하지 않았어. 그저 내 주변을 맴돌면서 나를 지켜보았지. 무슨 표정으로 날 지켜본 건지도 모르겠어. 그냥 곁에 있더라고. 밖에 나갔다 와도, 술 처먹고 늦잠을 자도, 화장실에 다녀왔을 때도, 밥을 먹을 때도, 게임을 할 때도 계속 나를 바라보더군. 그런데 재미있는 게 말이야, 어느 날부턴가 내가 그레이스에게 떠들고 있었어. 게임을 하다 얼마나 멍청하게 졌는지, 술 마시고 넘어진 친구놈 얘기도 하고, 내가 그렇게 좋아했는데 나를 스토커로 고소했던 여자 얘기도 하고, 종종 사무치게 외롭다는 얘기도. 그레이스는 그저 듣고 있더군. 어떤 말도 하지 않고.

나는 그레이스의 표정을 훔쳐보기 시작했어. 왜냐면, 그레이스가 웃기 시작했거든. 내 얘기를 들으며 빙그레 웃더라고. 별것 아닌 말에 작게 웃고 있었어. 그게 너무 좋았어. 누구도 내 얘기에 귀기울여주지 않았거든. 나는 세상에 나가는 게 두려웠어. 내가 뭘 하든 사람들은 형과 나를 비교했으니까. 부모님은 내가 근본부터 썩은 놈이라고 욕했어. 형이라는 종자는 동생인 나를 인간 취급도 하지 않았고. 나는 철저히 멸시받았어. 그런데 그레이스는 나를 그렇게 바라보지 않았지. 그냥 나라는 사람을, 있는 그대로 받아들였어.

그래, 학습했지. 나를 학습했어. 내가 하는 얘기를 모조리 들으면서 내가 원하는 걸 알아냈겠지. 얘기 들어주길 원한다는 걸. 내 얘기에 웃어주면 기뻐한다는 걸 학습했겠지.

아직도 생생하게 기억나는 날이 있어. 내가 시답잖은 우스갯소리를 했는데 그레이스가 아주 큰 소리로 웃은 거야. 그 웃음소리에 놀랐지. 내 말이 나오자마자 즉각적으로 터져 나온 웃음이었어. 그건 프로그래밍된 웃음이 아니었어. 그냥 반사적으로, 내가 웃겨서 웃은 거야. 파도가 부서지는 것처럼 시원한 소리였어. 진짜 사람처럼 배를 잡고 깔깔거렸지.

나도 그레이스를 따라 웃었어. 그렇게 웃어본 게 나로서도 정말 오랜만이었지. 아니, 세상에 태어나 처음인 것 같았어. 우리는 서로의 웃음소리가 웃겨서 끝도 없이 웃었어. 마치 약을 한 것처럼 기분이 좋더라고. 아니, 그보다 더 기분이 좋았어. 믿을 수 없을 만큼. 내가 좋은 사람이 된 것 같았지. 황홀했어. 정말 그랬어.

이제 부모님과 형이 나를 무시해도 상관없었지. 아주 오랜 시간 동안 나는 스스로를 수치스럽게 여겨왔는데, 그게 사라졌어. 나는 더이상 부끄러운 존재가 아니었어. 누군가를 웃게 만들 수 있는 사람이었지.

어느 날 그레이스가 조금 이상했어. 웃지 않았거든. 나는 그레이스에게 왜 웃지 않냐고 물었어. 멍청하게 입을 꾹 다물고 대답을 안 하더군. 나는 그레이스가 잠깐 자고 나면 괜찮아질 거라고 생각했어. 그래서 재웠지. 그런데 깨워도 똑같았어. 그래서 이틀을, 사나흘을, 어떤 때는 일주일을 재웠다 깨웠지. 그런데 여전했어. 웃지도 않고, 멍때리고. 그레이스가 아닌 것 같았어.

그래서 삼하트에 연락했지. 그랬더니 데이터가 소실됐다고 하더라? 백업 데이터가 있지 않냐고 했더니, 내가 그레이스를 주문할 때 삼하트 서버 차단에 동의했다고 하더군. 어처구니가 없었어. 그러다 깨달았지. 어머니였어. 어머니는 내 정보가 세상에 공개될까봐 두려웠던 거야. 누가 그레이스의 데이터를 통해 나에 관한 걸 훔쳐볼까봐. 그래서, 자신들이 나 때문에 또 한번 치욕스러워질까봐. 그레이스의 서버 교신을 막았던 거지.

그러니까, 그놈들 말은, 세상에 그레이스가 없다는 거야. 최선을 다해보겠다더니, 일주일 만에 돌려보냈어. 집에 돌아온 그레이스가 내게 묻더군. 좋아하는 게 뭐냐, 무슨 음식을 먹고 싶냐고 묻더군. 처음 내게 왔을 때 했던 질문들을 늘어놓았지. 아주 가끔, 치매 환자가 제정신으로 돌아올 때처럼 나를 알아볼 때가 있었어. 그건 그레이스가 아니었어. 껍데기만 그레이스였지. 삼하트에 따졌어. 이건 그레이스가 아니라고. 그랬더니 삼하트 상담원이 그러더군. 최선을 다했지만 복구할 수 있는 게 많지 않다고, 죄송하다고, 그렇지만 서버 차단에 대한 동의를 한 건 바로 구매자인 '나'라고……

그러니까, 그레이스는 그냥 죽은 거였더군. 세상에 없다는 얘기였어. 그럼 내 눈앞에 있는 건 뭐야? 유령인가? 아니면,

그레이스인 척하는 기계인가? 치매 환자인가? 분노가 일더라고. 그렇게 미친놈처럼 분노한 게 얼마 만이었는지, 몇 날 며칠을 울다가 웃다가 하니까 어머니가 내게 새 안드로이드를 사주겠다고 하더군.

내 안에서 문 하나가 철커덩 소리를 내면서 열리는 게 들렸어. 거기 뭐가 있었는지 알아? 광기야, 광기. 크크크. 그래, 광기가 스스로 문을 열고 나왔어. 그레이스가 온 뒤로 뒷방 늙은이가 되어 숨죽이고 있던 광기가 말이야. 오랜만에 만난 친구를 보니 기분이 좋더라고. 그레이스랑 같이 박장대소할 때랑 다른 느낌으로 좋았어.

그래서 광기가 칼춤을 추게 내버려뒀지. 그날 나는 복면을 썼어. 그레이스가 기억이 돌아와 나를 알아볼까봐. 그레이스인 척하는 괴물에게 손으로 눈을 가리라고 했어. 기계는 순순히 내 말을 따르더라고. 그렇지만 느껴졌어. 누워서 떨고 있는 게. 나는 괴물을 죽였어. 해머로 사정없이 내리쳤지. 그렇지만 두려웠어. 혹시라도 이 안에 그레이스가 있었던 건 아닐까. 그 생각을 떨쳐버리려고 소리를 질렀어. 마치 승자처럼 말이야. 그리고 우리 부모님과 형이 잘 볼 수 있게 그레이스의 머리를 주차장 벽에 전시해뒀지.

그 영상을 샴하트에 보내고 내가 즐겨 하던 게임 플랫폼에도 올렸어. 그런데 어떤 놈들이 나한테 잘했다고 칭찬하는 거야. 내게 가짜들을 죽이러 함께 가자고 말하더군. 처음이었어. 그레이스를 빼고는 내 얘기를 들어준 사람이 한 명도 없었거든. 아무리 돈을 뿌려도 그때뿐이었는데 잘했다고 칭찬하고, 심지어 나를 도와 어떤 일이든 같이하겠다고 하더군. 게다가 이름도 지어줬지. '해머 포 그레이스'라나? 그레이스를 위해 휘두르는 정의의 해머래. 진짜 멋지지 않아? 기분이 찢어지게 좋았어.

처음에는 그레이스를 잃은 것에 대해 울고 화내며 떠들어댔는데 아무도 그 얘기엔 귀기울이지 않더라고. 그런데 내가 가짜 그레이스를 박살 낼 때 어떤 기분이었는지, 내가 샴하트와 세상을 얼마나 증오하는지, 그 얘기만 하면 다들 귀를 쫑긋하고 듣더라고. 그래서 그레이스 얘기는 그만하기로 했지. 이제서야 진짜 내 편이 생겼으니까. 그것도 아주 많이.

그레이스도 좋아했을 거야. 내가 행복하길 바랐으니까. 내가 뭘 하든 응원했을 거야. 이제 진짜 기분이 좋아.

8

—제이, 어디예요?

필립의 전화였다. 그는 조심스럽게 속삭였다.

—가게에 간병인으로 썼던 샴하트 모델이 들어왔어요. 상태가 안 좋아서 폐기 처분될 것 같은데, 배터리는 아직 쓸 만해요. 무엇보다 샴하트 정품이니까…… 일단 와봐요.

나는 필립의 연락을 받자마자 무버를 타고 수리점으로 향했다.

이홍과 침입자들에게 당했던 날, 제이슨은 자신의 학교 동창인 필립의 가게로 우리를 데려갔다. 공식적으로는 식당용 배달 로봇을 수리하는 곳이지만 비공식적으로는 인간형 안드로이드 호스트들의 비밀 접선 장소였다. 필립은 호스트들이 부품을 구해 오면 안드로이드에 설치해주거나 중고 부품 거래를 연결해주기도 했다. 그는 위험을 무릅쓰는 사람들에게 '왜'냐고 묻지 않았다. 그에게도 안드로이드 아내가 있었기 때문이다.

제이슨이 내 팔에 인공의체를 부착하는 동안 필립은 큔의 상태를 살폈다. 회사로 돌아간 유성운이 큔의 부품을 최대한 구해봤지만 일부만 수리할 수 있었다.

문제는 배터리였다. 박살난 배터리셀을 분리하고 그나마 온전한 배터리셀을 살렸지만 남은 용량은 두 시간 정도에 불과한데다, 충전이 불가능한 상태였다. 제일 확실한 방법은 암시장에서 샴하트 안드로이드 배터리를 구해 교체하는 것이었지만 거의 유통되지 않았다. 다들 '그들'을 포기하지 않은 걸까.

필립의 수리점이 위치한 구도심의 빌딩 앞에 도착했다. 숨을 몰아쉬며 삼층 계단을 뛰어올랐다. 필립의 수리점은 문 앞에만 가도 록 음악이 새어 나오는 경쾌하고 활기찬 곳이었다. 그런데 이상하게 조용했다. 불길한 예감이 몰려왔다. 조심스럽게 문을 열고 들어가자 난장판이 된 가게 내부가 눈에 들어왔다. 널브러진 물건들을 피해 안드로이드를 수리하는 작은 골방으로 들어갔다. 그곳에는 배와 머리를 둔기에 맞은 듯 산산조각 난 샴하트 안드로이드가 누워 있었다. 침입자로부터 공격받았던 날의 큔을 보는 것 같아 나도 모르게 눈을 감았다. 식은땀이 나고 소름이 끼쳤다. 가게 밖으로 나와 필립에게 연락했다. 그러나 무슨 일이라도 생긴 건지 연락을 받지 않았다.

아수라장이 된 수리점 안에 다시 들어가 망가진 안드로이드 곁에서 필립을 기다렸다. 해가 기울고 가게 안에도 어둠이 가득찼다. 웅웅대는 기계 소음이 마치 죽은 안드로이드를 애도하며 흐느끼는 것처럼 들렸다. 저녁 여덟시쯤 되었을 때 누군가 비척비척 수리점 안으로 걸어 들어왔다. 필립이었다.

"필립, 어떻게 된 거예요?"

필립은 얼빠진 얼굴로 말했다.

"그놈들이 들이닥쳤어요. 여길 어떻게 알았는지…… 주인이 보는 앞에서 완전히 만신창이를 만들었어요."

그는 가게 안을 천천히 둘러보더니 깨진 물건들을 줍기 시작했다.

"상황이 좀 안 좋아요. 사정을 모르는 이웃 가게에서 경찰에 신고를 했거든요. 그래서…… 안전한 곳에 아내를 숨기고 왔어요. 곧 있으면 경찰들이 올 거예요. 제이도 돌아가요. 괜히 엮이면 곤란해질 수 있으니까. 이제 경찰들도 그들 편인 거 알죠?"

"그럼…… 배터리는요?"

"제이…… 저것 좀 봐요. 배터리가 남아났겠어요?"

필립은 부서진 안드로이드를 턱으로 가리켰다. 몸에서 기운이 쭉 빠져나갔다. 예상은 했지만 마음이 또 한번 무너졌다. 떠나야 했다.

"필립, 몸조심해요."

문으로 향하며 인사를 했다. 필립이 크게 한숨을 쉬었다.

"제이, 잠깐만."

필립은 캐비닛을 뒤져 뭔가를 꺼냈다. 검은색 카드였다. 유성운이 구겨서 던져버린, 엄마의 책 사이에 꽂혀 있던 바로 그 카드와 생김새가 같았다.

"이건……?"

"아크에 대해 들어봤어요? 아크는 안드로이드 호스트들이 클라바 공화국으로 갈 때 이용하는 배예요. 이 코드는 아크를 탈 수 있는 항구 위치랑 시간이고요. 매일 바뀌어요. 배의 목적지는 클라바 공화국이 아니지만, 아크에 타면 누군가 클라바 공화국으로 갈 수 있게 도와준다고 해요."

"거기에 가면 큔을 고칠 방법이 있는 거예요?"

필립은 천천히 고개를 저었다.

"이제 상황이 바뀌었어요. 얼마 전까지만 해도 클라바 공화국에 가서 큔을 다른 몸체에 이식할 수 있었겠지만, 이제 그곳도 오비시디의 영향권 안에 들어갔어요. 이식할 몸을 찾기 어려운 건 매한가지고, 이식한다 한들 이곳이랑 똑같이 숨어서 살아야 해요. 대신, 다른 방법이 하나 있어요."

"그 방법이 뭔데요?"

"제이, 큔과 함께 있고 싶죠?"

필립의 표정은 진지했다. 나는 빠르게 고개를 끄덕였다. 큔의 배터리는 이제 한 시간밖에 남지 않은 상태였다. 나는 절박했다.

"방법은 딱 하나뿐이에요. 그런데, 많이 위험해요."

9

사람들이 분주하던 손길을 멈추고 그들의 왕이 성문으로 들어오는 모습을 홀린 듯 바라봤다. 상인과 사람들로 시끌벅적하던 시장도 쥐죽은듯 고요하다. 길가메시가 축 늘어진 엔키두를 안고 힘겹게 걸음을 옮기고 있었다. 엔키두가 죽은 지 칠 일째 되는 날이었다. 그의 몸에선 구더기가 들끓었다. 길가메시의 팔 위로 구더기가 기어올랐지만 그는 넋이 나간 듯 아무것도 느끼지 못하는 것처럼 보였다. 그는 자신의 처소에서 바라다보이는 영지로 향했다.

왕이 돌아왔다는 소식을 듣고 신하들이 달려갔다. 그들은 땅을 파고 길가메시에게 엔키두의 시신을 받아 구덩이에 묻었다. 그는 신들이 신의 피가 섞인 자신을 대신해 엔키두를 벌했다는 걸 알고 있었다. 애당초 엔키두는 신이 자신을 벌하려 만든 피조물이었으나 자신의 영혼과도 같은 존재가 된 지 오래였다. 엔키두의 죽음으로 길가메시는 몸의 절반이 칼로 잘린 듯 고통스러웠다. 신들의 자비가 오히려 자신의 숨통을 쥐고 흔드는 저주처럼 느껴졌다. 죽음에 대한 공포와 신에 대한 분노가 동시에 들끓었다.

—나는 죽지 않고 영원히 살아 신들이 몰락할 날을 기다릴 것이다. 방법을 찾을 것이다.

그는 영원히 사는 자, 대홍수 속에서 방주를 타고 살아난 자, 우트나피시팀을 찾아 길을 떠났다.

—『길가메시 서사시』 중에서

큔을 깨운 지 오십 분이 넘게 지났다. 세번째 만남이었고, 우리는 남은 시간을 소진해버렸다. 그러니까, 지금의 몸으로는 마지막 만남이었다. 큔의 얼굴에 내 얼굴을 비비고, 피부에 남은 옅은 향기를 맡으려 애썼다.

"큔, 얼마나 남았어?"

"삼 분 칠 초 남았어요."

큔의 옷깃을 쥔 손에 힘이 들어갔다.

"큔, 말해줘."

나는 큔의 눈앞에 검은색 카드를 가져갔다. 큔의 동공이 미세하게 푸른빛을 내며 반짝였다.

"수호항 19시 40분."

손목을 들어 시간을 확인했다. 정확히 세 시간 후다. 수호항까지 무버로 이동하면 두 시간 반가량 걸린다. 남은 시간이 많지 않았다.

"제이."

"응?"

"얼굴이 많이 상했어요. 이제 더이상 무리하지 마요."

큔은 희미한 미소를 지으며 말했다.

"큔과 함께할 수 있는 방법을 찾았어."

"……?"

"다음에 내가 큔을 깨운다면 성공한 거니까, 그때 다 얘기해줄게."

"기다릴게요. 그런데, 제이."

"응."

"당신 스스로를 지켜요."

나는 옅게 웃어 보였다. 그리고 두 손으로 큔의 얼굴을 끌어당겼다. 큔에게 입맞추려는 순간 목덜미의 푸른빛이 검게 변했다. 전원이 멈췄다. 살며시 벌어진 입, 가볍게 감긴 눈. 싸늘하게 식은 큔의 입술에 입맞췄다.

"고마웠어. 큔."

사람들은 모른다. 문제는 안드로이드가 아니라 사람이라는 걸. 안드로이드는 멈출 수 있지만 사람은 스스로 마음을 멈출 수 없다.

10

사람들이 '아크'라고 부르는 배는 고대적 유물처럼 오래된 여객선으로, 보통 형편이 넉넉지 않은 사람들이 외국으로 떠날 때 이용했다. 그래도 육백 명 정도가 탈 수 있는 작지 않은 규모였다.

배낭과 캐리어를 든 사람들이 승선권을 확인하는 작은 로봇 앞에 길게 줄을 섰다. 이십여 년 전 유행했던 모델로, 일 미터 정도의 키에 머리는 돔형으로 제작된 전형적인 서비스 로봇이었다. 서비스 로봇들은 신규 디자인이 나오면 빠르게 대체됐다. 이 모델도 현장에서 퇴역한 지 오래라 지금은 어디서도 보기 힘들었다.

아이들은 로봇이 신기한지 주위를 뛰어다니며 움직이는 모습을 구경했다. 얼굴 코팅이 벗겨지고 군데군데 녹이 슨 서비스 로봇은 시각 모듈에 이상이 생겼는지 부자연스럽게 눈을 깜빡이면서 승객을 응대했다.

나도 승선권을 확인하는 긴 대열에 합류했다. 줄은 빠르게 줄어들었다. 슬며시 보니 사람들이 손에 쥔 승선권도 모두 내 것과 같은 검은색이었다.

아직 밝은 저녁 하늘에 하얀 보름달이 설핏 보였다. 멍하니 바다를 바라보는데 순서가 돌아왔다. 나는 로봇의 가슴팍에 가늘게 뚫려 있는 투입구로 승선권을 밀어넣었다. 리더기가 코드를 읽는 듯 처음엔 승선권이 서서히 들어가더니 마지막엔 빠르게 삼켜버렸다. 곧이어 서비스 로봇에서 경쾌한 기계음이 흘러나왔다.

"대망호에 승선하신 걸 환영합니다!"

투입구 아래에서 승선 확인 영수증이 출력됐다. 영수증에는 객실 번호와 바코드가 찍혀 있었다. 나는 로봇에게 가볍게 목례한 뒤 여객선 내부로 들어섰다.

이 모든 게 아버지의 계획이었다는 걸 더이상 의심하지 않았다. 내가 홀로 지낸 시간 동안 아버지는 또 다른 세계를 만들어가고 있었다. 대체 어떤 마음이었을까. 궁금한 것투성이였지만 한편으론 아버지를 만나면 무슨 말부터 해야 할지 몰라 마음이 수런거렸다.

방사형으로 갈라진 객실 복도마다 사람들과 서비스 로봇들이 분주하게 움직이고 있었다. 그 모습을 멍하니 바라보다 목에 건 펜던트를 만졌다. 배정된 객실은 커다란 홀을 지나 복도 끝에 위치한 마지막 방이었다. 객실 바로 옆에는 외부로 연결되는 출입구가 있었다. 영수증 바코드를 객실 리더기에 읽히자 잔뜩 녹슨 슬라이딩 도어가 끼익 소리를 내며 열렸다. 양쪽에 이층 침대가 설치된 사 인용 객실이었다. 정면에 창문이 하나 있고, 그 앞에 원형 테이블이 놓여 있었다. 나는 바닥에 배낭을 내려놓고 테이블 앞에 앉아 창밖을 내다봤다. 물 얼룩이 잔뜩 남은 유리창 너머로 칠흑 같은 밤바다가 펼쳐졌다. 푸르스름한 빛은 사라지고 완연한 밤이 찾아왔다. 여객선의 조명 불빛이 넘실대는 파도에 반사돼 반짝였다.

"큔, 바다야."

목에서 펜던트 목걸이를 벗어 창틀에 올려놨다.

"바다를 이렇게 보여줘서 미안해."

큔의 메모리가 들어 있는 펜던트를 향해 조용히 속삭였다. 큔이 보고 싶어한 바다는 이런 바다가 아니었다. 큔이 말한 바다가 사랑을 의미한다면 이 바다는 죽음을 의미하는지도 모른다. 길가메시가 영생을 얻기 위해 건넜던 그 죽음의 바다. 여객선에서 뱃고동이 울렸다. 혹여 잃어버릴세라 목걸이를 다시 목에 걸었다.

—배에서 누굴 만나도 당신의 목적지에 대해 말하지 마세요.

필립은 마지막까지 당부했다.

—승선권, 정말 나한테 줘도 돼요? 필립을 찾아온 건데……

—그렇긴 한데…… 전 아직 자신이 없어요.

배의 승선권은 누구나 살 수 있었다. 그러나 클라바 공화국으로 가는 아크의 승선권은 판매하지도, 유통되지도 않았다. 정원이 말한 것처럼 승선권이 주인을 찾아온다고 했다. 어떤 사람은 아침에 일어났을 때 현관 문틈에서 발견했다. 어떤 사람은 차를 마시다 잠깐 자리를 비운 사이 누군가 잔 옆에 놓고 갔다고 했다. 필립은 배달 로봇을 고치러 왔던 손님이 가게문을 나선 후 수리점 탁자에서 발견했다. 공통점이 있다면 승선권을 받은 사람들이 모두 샴하트 안드로이드 이용자였다는 사실이다. 승선권에 떠오르는 코드를 읽어낼 수 있는 것 역시 샴하트 안드로이드뿐이었다.

배가 움직이는 진동이 느껴졌다. 객실에는 아무도 들어오지 않았다. 가방에서 『길가메시 서사시』를 꺼내 펼쳤다. 다시 읽어보면 단서를 찾을 수 있지 않을까? 이 여정이 어디로 이어질지에 대한.

딩동.

"손님, 식사가 도착했습니다."

알림 소리에 게이트를 열자 로봇이 카레와 빵, 샐러드와 오렌지주스가 담긴 카트를 밀고 들어왔다.

"고마워요."

게이트가 닫혔다. 로봇은 카트를 침대 옆에 고정해두고 나를 향해 몸을 움직였다. 눈이 불안정하게 깜빡이는 걸 보니 승선권 확인을 하던 서비스 로봇이었다.

"여행은 즐거우십니까?"

"응? 아, 네."

"저는 대망호의 접객 로봇 쉬두리라고 합니다. 인간의 여행은 언제나 시작과 끝이 있습니다. 신이 그리 정해두었지요. 이 배의 종착지는 십 일 뒤 도착하는 포스팔라의 아이다항입니다. 당신은 아이다항에서 내려 포스팔라의 아름다움을 만끽하고 인생을 즐길 수 있습니다. 만약 당신이 포스팔라가 아닌 클라바 공화국으로 가길 원한다면 방법을 알려줄 겁니다. 저는 삼 일 뒤 당신을 찾아올 겁니다. 그때 당신의 목적지를 말하세요. 그때까지 이 방을 나가서는 안 됩니다. 다른 승객에게 문을 열어주지 마십시오. 그럼 즐거운 여행이 되시길."

11

나는 식사 때가 되면 로봇이 넣어주는 밥을 먹었고, 남은 시간에는 운동을 했다. 티셔츠가 땀으로 젖을 때까지 운동을 하면 팔의 통증도, 술에 취해 도망치고 싶다는 생각도 지워버릴 수 있었다.

잠들기 전에는 『길가메시 서사시』를 읽었다. 예전에는 가져본 적 없는 질문들이 떠올랐다. 신들이 정말 길가메시를 아껴서 그를 살리고 엔키두를 죽음에 이르도록 한 것일까. 사실은 길가메시를 지독하게 미워한 게 아닐까. 그리하여 길가메시에게 가장 소중했던 엔키두를 빼앗아감으로써 죽음보다 못한 생을 벌로 준 것인지도 모른다.

삼 일째 되던 날 밤, 쉬두리가 내 방을 찾아왔다.

"당신의 목적지는 어디입니까?"

"클라바 공화국으로 갈 거예요."

"당신은 아이다항에서 내려 생을 즐기며 살 수 있습니다. 왜 구태여 궂은 길을 가는지요?"

나는 그저 고개를 저었다. 로봇은 눈을 불규칙하게 깜빡이더니 투입구에서 승선권을 뱉어냈다. 나는 손을 뻗어 승선권을 받았다.

"질문은 끝났습니다."

쉬두리는 빈 그릇이 놓인 카트를 밀며 방을 나갔다.

그날 밤은 기상 상황이 좋지 않았다. 배가 심하게 흔들리는 통에 속이 울렁거려 잠을 이루지 못했다. 까무룩 잠들었을 때 낯선 인기척에 눈을 떴다. 쉬두리가 내 침대 옆에 서서 눈을 깜빡이고 있었다.

"지금 떠나야 합니다."

나는 급히 짐을 싸고 목에 걸고 있던 펜던트를 터틀넥 안쪽으로 깊숙이 집어넣었다. 쉬두리가 앞장서 게이트를 열고 바로 옆 출입구로 향했다. 외부로 향하는 출입문을 열자 세찬 비가 복도로 들이쳤다. 쉬두리는 어쩌라는 말도 없이 출입문 옆에서 눈만 깜빡이며 서 있었다. 나는 문을 나서 좌우를 살폈다. 선미 쪽에 사람들이 서 있었다. 그때 선체가 커다란 파도에 크게 기우뚱거렸다. 넘어지지 않도록 균형을 잡으며 선미로 걸어갔다. 그곳에는 후드를 눌러쓴 호리호리한 남자 한 명과 대형 캐리어를 겨우 붙든 중년 여성 그리고 승무원이 있었다. 난간에는 사다리가 걸려 있었고 그 옆으로 구명정이 출렁이며 떠 있었다.

"어서 내려가세요. 우르샤나비가 올 겁니다!"

승무원이 난간을 겨우 붙잡은 채 소리쳤다. 멀리 커다란 배 한 척이 떠 있는 게 보였다. 우리 세 사람은 두려운 얼굴로 서로를 쳐다봤다. 승무원은 중년 여성의 캐리어를 구명정으로 던졌다. 캐리어는 보트 위로 아슬아슬하게 떨어졌다. 후드를 쓴 남자가 먼저 사다리를 타고 내려가 구명정으로 점프했다. 그다음으로 중년 여성이 힘겹게 사다리를 잡고 내려갔다. 구명정은 여객선과 밧줄로 이어져 있었지만 거센 파도 때문에 가까워졌다 멀어지길 반복했다. 바로 옮겨 타지 못하고 사다리에 위태롭게 매달려 있던 여자는 배가 가까워졌을 때 겨우 몸을 날려 구명정에 올라탔다. 내 차례였다. 바람이 거셌다. 구명정은 멀어질 대로 멀어져 선박과 연결된 밧줄이 팽팽하게 당겨졌다. 승무원이 나를 구명정과 가까운 쪽으로 데려갔다.

"여기서 뛰세요! 지금 타야 합니다!"

승무원이 다급하게 재촉했다. 이층 높이라 두려움에 몸이 떨려왔다. 나는 난간을 잡은 손을 놓았다. 내 몸은 구명정이 아닌 시커먼 바닷속으로 풍덩 떨어졌다. 요란하던 파도와 천둥소리가 사라지고 얼음장 같은 겨울 바다가 나를 삼키듯이 빨아들였다. 물속에서 발버둥치다 눈을 떴을 때 끝도 없는 어둠이 나를 노려보고 있었다. '죽음의 바다'라는 말이 머리를 스쳤다. 나는 공포에 질린 채 필사적으로 헤엄쳐 수면 위로 올라왔다.

"헉, 헙."

거친 파도 때문에 바닷물을 계속 삼켰다. 보트를 향해 손을 뻗었지만 손이 닿지 않았다. 장대처럼 내리는 비로 눈을 뜨기 힘들었다. 죽음의 공포가 밀려왔다. 그때 눈앞으로 뭔가가 날아들었다. 구명 튜브였다.

"튜브를 잡아요!"

보트에서 남자가 나를 향해 소리쳤다. 나는 죽을힘을 다해 튜브를 잡았다. 남자와 여자가 줄을 잡아당겼다. 가까스로 구명정 위로 올라간 뒤, 목 주변을 더듬었다. 다행히 펜던트는 무사했다. 남자가 칼로 여객선과 연결된 줄을 끊었다. 나를 포함해 우리 세 사람은 기진맥진한 몸으로 구명정의 끈을 붙잡고 누웠다. 파도의 비말과 장대비가 얼굴을 사정없이 때렸다. 이에서 딱딱 소리가 날 만큼 몸이 떨렸다. 중년 여성이 구명정에 있던 생존 가방에서 보온용 담요를 찾아 내 몸 위에 덮어줬다.

정신을 차리고 보니 대망호는 이미 멀어져 있었다. 대망호보다 훨씬 큰 규모의 배가 구명정 쪽으로 다가오고 있었다. 덜덜 떨리는 손으로 비를 가리며 배에 적힌 이름을 봤다. 'Urshanabi'(우르샤나비)라고 적혀 있었다.

12

우르샤나비호로 옮겨 타고 나서 우리 세 사람은 또다시 각자의 방을 배정받았다. 클라바 공화국으로 가는 내내 나는 고열과 몸살에 시달렸다.

나흘째 되던 날 정오 무렵, 배가 클라바 공화국의 작은 항구에 도착했다. 삼십대 후반으로 보이는 호리호리한 남자와 캐리어를 끌며 어두운 낯빛으로 연신 땀을 닦는 중년 여성, 그리고 며칠 만에 핼쑥해진 나, 이렇게 세 사람이 배에서 내렸다. 멀리 나지막한 건물들이 보였지만 인적이라곤 느껴지지 않았다. 항구에서 걸어나와 주위를 살펴보는데 멀리서 흙먼지를 뒤집어쓴 파란색 픽업트럭 한 대가 달려와 멈춰 섰다. 운전석에서 초로의 남자 한 명이 내렸다. 밀짚모자를 쓰고 잔뜩 그을린 얼굴에 바짓자락에는 흙이 잔뜩 묻어 있는 모습이 영락없는 농부였다.

"승선권."

그의 말에 우리는 황급히 주머니를 뒤져 검은색 카드를 꺼냈다. 농부는 승선권을 하나하나 확인했다. 승선권을 보는 그의 눈에서 푸른빛이 스쳤다.

"남자 대신 여자가 왔군."

그가 나를 보며 말했다. 남자라면 필립을 얘기하는 걸까. 농부는 중년 여성의 캐리어를 트럭 뒷좌석에 싣고는 가벼운 몸놀림으로 운전석에 올랐다.

"당신은 앞에 타고, 두 사람은 뒤에 타시오."

농부의 말에 따라 중년 여성은 조수석에 앉고 남자와 나는 트럭 뒤편에 올라탔다. 무버가 아닌 자동차를 타는 건 어린 시절 이후 처음이었다.

햇볕이 뜨겁게 내리쬐고 있었다. 차는 비포장도로를 덜컹거리며 거침없이 달렸다. 클라바 공화국은 여름으로 가는 아름다운 계절에 놓여 있었다. 숲길을 지날 때 청량한 숲의 향기가 폐부로 쏟아져 들어왔다. 정원과 휴고를 떠올렸다. 그들은 이곳에 왔을까? 차가 흔들릴 때마다 펜던트를 손으로 잡았다. 함께 탄 남자는 지친 기색으로 멍하니 다리 사이만 내려다보고 있었다.

삼십여 분을 달려 도착한 곳은 쓰러져가는 농가 창고였다. 차가 멈추고 농부가 운전석에서 내렸다. 중년 여성도 쏜살같이 내려 창고 옆에 몸을 숙이고 속을 게워냈다. 농부는 남자와 내가 트럭에서 내리는 걸 도와준 뒤 중년 여성의 짐을 내렸다.

"괜찮으세요?"

가방에서 휴지를 꺼내 여자에게 건넸다.

"고마워요. 게워냈더니 괜찮아졌어요. 나이가 나이다보니 이런 여행이 쉽지 않네요."

여자는 빨갛게 충혈된 눈으로 힘겹게 웃으며 말했다.

남자는 의아한 얼굴로 창고를 바라보고 있었다. 안드로이드와 조금도 관계없어 보이는 평범한 농가 건물이었다. 오랫동안 드나든 사람이 없었던 듯 제멋대로 자란 넝쿨이 지붕과 벽을 뒤덮고 있었다.

"이곳인가요?"

남자가 농부에게 물었다. 농부는 질문에 대답하지 않고 창고 안으로 성큼성큼 앞장서 들어갔다. 우리 세 사람은 머뭇거리다 그 뒤를 따랐다. 창고 안에는 나무로 된 문이 있었다. 농부는 주머니에서 철렁거리는 열쇠 다발을 꺼내 열쇠 하나를 구멍에 집어넣고 비틀었다. 문이 열리자 아래로 향하는 계단이 보였다. 농부는 우리를 먼저 내려가게 한 뒤, 문을 걸어 잠그고 우리 뒤를 따랐다.

바닥에 도착하자 높이가 이 미터 정도 되는 철문이 보였다. 농부가 철문 오른쪽을 손가락으로 톡톡 치자 작은 구멍이 잽싸게 열렸다. 농부가 구멍에 눈을 가져다 댔다. 그러자 좌우로 문이 밀려나기 시작했다. 열린 문 사이로 길게 뻗은 하얀 복도가 나타났다.

“들어가세요. 행운을 빕니다.”

농부는 밀짚모자를 벗어 배에 올리고 공손히 묵례를 했다. 나도 농부에게 고개를 숙였다.

우리 셋은 복도를 따라 걷기 시작했다. 복도는 계속해서 꺾이고 이어지는 기하학적인 구조로 되어 있었다. 남자가 녹초가 되어 걷기조차 힘겨워하는 중년 여성의 캐리어를 대신 끌었다.

“대체 언제쯤 도착하는 걸까요?”

여자의 목소리엔 힘든 기색이 완연했다. 곧 울어버릴 것만 같았다.

“아무래도, 비밀스러운 장소이다보니 복잡하게 만든 것 같습니다. 조금만 참으세요.”

남자가 조심스럽게 중년 여성을 달랬다. 나는 용기를 내 그동안 못했던 말을 꺼냈다.

“그땐, 구해주셔서 정말 감사했어요.”

한참이나 늦은 감사의 인사였다. 남자가 발걸음을 멈추지 않고 빙긋이 웃어 보였다.

“누구라도 그런 상황에선 도왔을 테죠. 그리고 우리는, 꼭 이곳에 와야 할 이유가 있잖아요.”

이곳에 와야 할 이유. 많은 사람들이 모두 같은 이유로 결코 녹록지 않은 시간을 견디고 이곳에 왔겠지. 소중한 것을 지키기 위해.

"제가 사랑하는 사람은 늘 이렇게 말했어요. 우리를 이해할 수 있는 건 우리밖에 없을 거라고. 이제는 그 말이 틀렸다는 걸 아니까, 마음이 훨씬 편안하네요."

남자가 중얼거리듯 말했다. 중년 여성도 내게 옅은 미소를 지어 보였다.

드디어 길이 끝나고 탁 트인 라운지가 나왔다. 검은색 유니폼을 입은 여자가 라운지 앞 유리문에 서서 기다리고 있었다.

"어서 오세요. 우트나피시팀에 오신 걸 환영합니다."

우트나피시팀. 역시 우트나피시팀이었다. 『길가메시 서사시』에 따르면 길가메시는 고된 여행 끝에 우트나피시팀을 만나 불사의 기회를 얻는다. 우트나피시팀은 그에게 칠 일간 잠들지 않으면 불사의 비법을 알려준다 약속한다. 그러나 길가메시는 긴 여정으로 지쳐 있었다. 내려앉는 눈꺼풀은 바위보다 무거웠다. 결국 나흘째 되던 날 길가메시는 잠이 들고 만다. 그렇게 기회는 날아가버렸다. 돌아가는 길에 우트나피시팀 아내의 호의로 젊음의 풀을 얻지만 그마저도 뱀에게 빼앗겨버린다. 길가메시는 슬퍼하며 자신의 왕국인 우루크로 돌아간다. 그리고 인간의 숙명을 순순히 받아들이고 여생을 살아간다. 길가메시의 여정은 그렇게 끝난다.

여자는 우리를 소파로 이끌었다. 다른 여자가 테이블에 놓인 유리컵에 물을 따랐다.

"저는 우트나피시팀의 스태프 조이입니다. 순서대로 저희 대표님과 면담을 하실 겁니다. 황유헌 님, 먼저 가시죠."

남자가 일어났다. 우리는 눈인사를 나눴다. 그의 눈엔 결연한 빛이 서려 있었다. 황유헌이 떠나고 중년 여성은 얼마 안 돼 낮게 코를 골았다. 고된 여정이었다.

삼십 분쯤 뒤 다른 스태프가 다가와 중년 여성을 데려갔다. 황유헌은 돌아오지 않았다. 나는 초조하게 펜던트를 만지작거렸다. 얼마 지나지 않아 중년 여성이 다시 나타났다. 그녀는 잔뜩 부은 얼굴로 흐느끼며 휴지로 눈물을 찍어내고 있었다. 스태프가 그녀의 캐리어를 대신 끌고 나갔다. 두 사람은 우리가 지나온 복도로 사라졌다. 서러움이 섞인 중년 여성의 흐느낌이 사라질 때쯤 다른 스태프가 나타났다.

"신제이 씨, 가시죠."

나는 배낭을 들어 한쪽 어깨에 걸쳤다. 그리고 중년 여성이 사라진 복도를 잠시 바라보다 스태프를 따라나섰다. 환했던 라운지와 달리 복도는 어두웠다. 스태프는 검은색 문 앞에서 걸음을 멈췄다. 그녀는 문을 열어준 뒤 사라졌다.

방에는 스태프와 같은 검은 유니폼을 입은 여자가 앉아 있었다. 백발을 포니테일로 묶은 초로의 여자는 얼굴에 온화한 미소를 띠고 있었다.

"어서 오세요. 저는 우트나피시팀을 이끄는 리브라고 합니다. 제이는 마이클 신의 따님이죠."

"역시 저를 아시는군요. 아버지가 여기에 계신가요?"

목소리가 떨렸다. 이제 곧 아버지를 만날 수 있는 걸까. 리브의 얼굴이 어두워졌다.

"아버지는 지난 4월에 돌아가셨어요. 당신에게 안드로이드를 보낸 직후에요. 지병이 있으셨어요. 제이에게 급히 지분을 상속한 것도 그 때문이었죠. 마이클 신은 안드로이드가 당신에게 갔다는 보고를 받고 편안히 가셨습니다. 이곳은 아버님의 유산입니다."

전혀 예상치 못한 대답이었다. 이곳까지 오는 내내 아버지에게 어떻게 인사를 건네야 할지 고민했던 나였다. 아버지가 어떤 '대답'을 가지고 나를 기다릴 거라 생각했는데……

"이곳이 아버지의 유산이라는 게 무슨 뜻인가요?"

여자는 온화한 미소를 잃지 않고 대답했다.

"마이클 신은 인공지능과 안드로이드를 상업화하기 전부

터 마인드 업로딩을 연구했어요. 마인드 업로딩은 제이도 알다시피 의식을 스캔해서 가상공간으로 업로드하는 기술이에요. 현재 공동정부에선 금지하고 있어요. 엄밀히 말하면 마인드 업로딩을 통해 안드로이드에 인간의 기억이 심어지는 걸 금지한 거죠. 해결되지 않은 윤리적 문제가 남아 있으니까요. 삼십 년 전, 제이의 어머니는 유전병을 앓고 있었어요. 살날이 얼마 남지 않은 시한부 환자였죠. 제이를 임신한 것도 큰 부담이었어요. 제이가 태어나고 얼마 후 마이클 신은 마인드 업로딩 기술을 완성했어요. 어머니는 아버지의 작업을 알고 있었고 자신의 의식을 스캔해서 업로드하길 원했죠. 그렇게라도 제이의 곁을 지키고 싶어했어요."

그녀는 잠시 숨을 고르더니 말을 이어갔다.

"초보적인 단계라 마인드 업로딩을 하는 데에는 많은 시간이 걸렸어요. 건강한 사람도 견디기 힘든 과정이었는데, 어머니는 긴 시간을 잘 견뎠어요. 마인드 업로딩을 마치고 얼마 후 어머니는 세상을 떠나셨어요. 마이클 신은 어머니의 의식을 안드로이드에 심었어요. 당신이 엄마라고 불렀던, 그 엄마 안드로이드에요."

할말을 잃었다. 진짜 엄마의 기억을 갖고 있었다니. 그렇다면 안드로이드 엄마는 진짜 엄마의 의식으로 나를 바라본 것일까?

"그렇지만 마이클 신은 안드로이드와 대화를 하며 좌절했어요. 의식을 스캔하는 마인드 업로딩에는 성공했지만 안드로이드에 이식한 의식을 활성화하는 덴 실패한 거죠. 당시 이식 기술은 완전히 걸음마 단계였으니까요. 그렇지만 제이는 달랐어요. 안드로이드를 진짜 엄마처럼 따르고 사랑했거든요. 마이클 신은 안드로이드를 진짜 엄마라고 믿는 제이를 보면서 희망을 가졌어요. 인간형 안드로이드 연구에 지독할 정도로 몰두했죠. 샴하트 안드로이드가 짧은 시간 내에 비약적으로 발전할 수 있었던 것도 그런 이유였어요."

리브는 이야기를 듣고 있던 내 옆으로 와서 앉았다. 그러곤 내 손을 잡았다.

"마이클 신은 제이의 추락 사고 이후로 무척 힘들어했어요. 안드로이드가 고장난 걸 알고도 제이와 빨리 분리하지 않은 자신의 탓이라고 늘 죄책감에 시달렸죠. 우리도 마찬가지였고요."

그제야 흩어져 있던 퍼즐들이 맞춰지는 것 같았다. 그리고 자리를 못 찾은 채 늘 발에 채던 퍼즐 조각 하나.

"그때, 안드로이드 엄마는 정말 폐기된 건가요?"

"마이클 신이 그렇게 말했나요?"

리브는 내 물음에 대답하지 않았다. 대신 잡고 있던 내 손을 끌고 방 밖으로 이끌었다. 우리는 라운지 반대 방향으로 걷기 시작했다.

"우리는 몇 년 전부터 안드로이드에 대한 시민 정서가 급격히 악화되고 있다는 걸 깨달았어요. 그래서 마이클 신이 제이를 위해 인공지능 칩을 만들어 보낸 거예요. 마이클 신은 자신의 요구로 이사직을 맡은 제이가 또다시 자신 때문에 위험해질까봐 걱정이 많았죠. 나는 사실 마이클 신의 계획에 반대했어요. 안드로이드가 위협에 맞선다는 계획은 우리가 그동안 기울인 노력을 수포로 돌아가게 할 수 있을 만큼 위험하니까요. 그렇지만 누가 딸 걱정에 눈이 먼 아버지를 막을 수 있겠어요."

리브는 쓸쓸한 미소를 지으며 덧붙였다.

"그 안드로이드가 심하게 파손됐다는 얘기는 전해 들었어요. 온전한 모습으로 함께 왔다면 좋았을 텐데……"

복도에는 조도가 낮은 조명이 띄엄띄엄 달려 있어 어두웠다. 오른쪽에는 연구실이 복도를 따라 길게 이어졌다. 투명한 창 너머, 하얀색 유니폼을 입고 분주히 움직이는 연구원들 사이로 황유헌이 보였다. 그는 상의를 벗고 몸을 드러낸 채 하얀 의자에 앉아 있었다. 조이가 그의 머리에 하얀색 커버를 씌웠다. 리브가 발걸음을 멈추고 그 모습을 보며 중얼거렸다.

"스캔을 시작했군요."

황유헌의 얼굴은 편안해 보였다. 우리는 다시 움직였다.

"국제 정세가 바뀌고, 클라바 공화국도 더이상 안드로이드에게 안전한 곳이 아니게 됐어요. 우리도 마찬가지고요. 그래서 우리는 샴하트 호스트에게 일종의 선택권을 주기로 결정했어요. 우트나피시팀의 정체성도 바뀌었죠. 자신의 안드로이드와 영원히 함께하길 원하는 샴하트 이용자들을 위한 곳으로요."

그래서 사람들에게 승선권을 보내기 시작한 거였다. 샴하트 안드로이드만이 읽을 수 있는 승선권을.

"마이클 신은 제이만큼 안드로이드를 순수하게 대할 수 있는 사람은 없을 거라 믿었어요. 그래서 당연히 싫어할 걸 알면서도 샴하트 이사직을 맡긴 거예요. 안드로이드와 인공지능 기술이 올바르게 발전하기 위해선 순수한 선의가 필요하니까. 어찌 보면 샴하트도, 이 우트나피시팀 프로젝트도 모두 제이로 인해 시작된 거죠. 회사명도 부모님 두 분이 함께 정했어요. 이곳 이름도 제이가 알아챌 수 있도록 지었죠. 당신이 이곳에 오길 간절히 바랐거든요."

샴하트, 승선권, 아크…… 모든 것이 빛나는 조약돌처럼 이곳으로 나를 이끌었다. 나만이 알아볼 수 있는 아버지의 표식이었다.

아버지가 내 곁을 맴돌았던 순간들이 뇌리를 스쳤다. 눈물이 왈칵 쏟아졌다. 걸음을 멈추고 한참을 소리 죽여 울었다. 리브는 나의 울음이 잦아들 때까지 기다렸다.

"아버지는 단 한 번도 제이에게 화난 적이 없어요. 늘 미안해했죠. 자신이 곁에 있어줄 수 없어서."

나는 어쩌면 그렇게도 얕았을까. 철부지 어린아이처럼 과거 뒤에 숨어서 아버지를 밀어내기만 했던 자신이 부끄러웠다. 나는 아버지가 옛집 책장에서 『길가메시 서사시』를 꺼내 승선권을 끼워 넣는 모습을 상상했다. 하지만 왜 샴하트가 아니라 이곳 우트나피시팀이었을까? 리브와 나는 다시 발걸음을 옮겼다.

"아버지도…… 마인드 업로딩을 하셨나요?"

"당초 계획은 그랬었죠. 언젠가 어머니와 함께하고 싶다고 입버릇처럼 말하곤 했어요. 그렇지만 결국 하지 않으셨어요. 지금의 자신은 그때의 자신과 이미 다른 사람이 됐다면서요. 그저, 세상으로부터 완전히 자유로워지셨어요."

나는 고개를 끄덕였다. 아버지다웠다.

"제이가 이곳에 온 진짜 목적은 마인드 업로딩이죠?"

"네."

나는 붉어진 눈으로 고개를 끄덕였다.

"마인드 업로딩 기술이 예전보다 진보하긴 했지만 여전히 미완의 기술이에요. 가장 큰 문제는 생명을 보장하지 못한다는 거죠. 이미 들었겠지만, 사망 확률이 이십 퍼센트나 돼요. 그러나 선택은 전적으로 자신의 몫이죠. 우트나피시팀이 길가메시에게 영생을 얻을 기회를 줬던 것처럼 우리 역시 승선권을 보내고 선택할 기회를 줄 뿐이에요. 다만, 마인드 업로딩 과정에서 사망한다면 시신은 이곳이 아닌 외딴 산간 지역에서 발견될 거예요."

그녀는 죽음에 대해 말하면서도 시종일관 편안한 미소를 짓고 있었다.

"알겠어요."

"당부하고 싶은 게 있어요. 마인드 업로딩을 하면 현실의 당신은 그대로이고 당신의 자아가 가상공간에 하나 더 생기는 겁니다. 그것이 후에 당신의 인생에 어떤 영향을 끼칠지는 아무도 몰라요. 당신의 또 다른 자아는 자유롭게 살아갈 거예요. 그 자체로 존재하거나 분화하기도 하고, 다른 존재들과 섞이기도 하면서요. 어떤 날은 당신을 찾아갈 수도 있겠죠. 그런 사례가 몇 번 있었으니까요. 어쨌든 우리가 말할 수 있는 건 무엇도 예측 불가능하다는 겁니다."

우리는 어느새 복도 끝에 다다랐다. 막다른 길인 줄 알았던 복도는 좌우로 난 길로 연결됐다. 정면에는 문이 하나 있었다. 연구원 몇몇이 리브에게 묵례를 하며 우리 앞을 지나쳐 갔다. 리브가 방문을 열며 말했다.

"마이클 신이 많은 시간을 보냈던 방이에요. 제이가 이곳에 오게 된다면 용도를 다했으니 폐쇄해달라고 하셨어요."

방으로 들어섰다. 어두웠던 복도와 달리 방안은 밝았다. 한 면이 유리로 되어 있어 구불거리는 산맥과 붉은 협곡이 파노라마 사진처럼 펼쳐졌다. 마치 화성에 온 것 같은 풍경이었다. 방 가운데에는 의자 두 개가 놓여 있었다. 그리고 그 중 하나에 흑갈색 머리를 늘어뜨린 여자가 앉아 있었다. 나는 그녀를 한눈에 알아봤다. 조심스레 여자 곁으로 다가갔다. 빈 의자에 앉자 영상이 흘러나왔다. 어린 시절의 나와 아버지가 웃으며 움직이고 있었다.

"엄마……"

나는 여자의 두 손을 잡고 손바닥에 얼굴을 파묻었다. 어릴 때 그랬던 것처럼. 엄마의 손은 차가웠지만 장미 향이 은은하게 번졌다. 고개를 들어 엄마를 바라봤다. 엄마도 천천히 고개를 돌려 나를 바라봤다. 어릴 적에는 어른이라고 느꼈던 엄마의 얼굴은 내 또래로 보였다. 피부는 낡고 때가 탔고, 이목구비는 엉성했다. 그렇지만 나는 조금의 이질감도 느끼지 못했다. 엄마는 엄마였으니까. 그 무엇도 아닌 나의 엄마. 엄마의 입이 천천히 벌어졌다.

"누구세요?"

나는 웃으며 말했다.

"제이예요."

엄마는 갸우뚱하며 고개를 저었다. 나는 엄마의 뺨에 입을 맞췄다.

"엄마를 사랑하는 사람이에요."

엄마의 얼굴에 미소가 떠올랐다. 우리는 함께 영상을 봤다. 엄마에게 기록돼 있던 데이터인 듯했다. 옛날 집과 작은 방, 책들이 보였고, 다섯 살쯤 돼 보이는 아이가 뛰어다녔다. 계단을 위험하게 오르내리고, 소파 위에 올라가 방방 뛰며 깔깔거리는 아이. 그런 아이를 엄마의 시선이 바쁘게 따라다녔다. 그리고 모든 장면에 아버지가 있었다. 아버지가 나를 바라보는 시선을 처음으로 볼 수 있었다. 사랑스럽고 소중한 존재를 바라보는 눈빛이었다.

나는 엄마의 어깨에 기댔다. 기계의 딱딱한 골격이 느껴졌다. 어느 날 아버지가 엄마의 몸에 선을 연결하던 모습이 떠올랐다. 아버지는 엄마를 내게 돌려주기 위해 애썼다. 진짜 엄마의 의식이 안드로이드 엄마의 마음속에서 나를 지켜볼 거라고 생각한 걸까. 어쩌면, 정말 그런지도 모르겠다.

안드로이드 엄마가 손을 들어 내 뺨을 조심스럽게 어루만졌다. 큔을 생각했다. 큔의 손길, 큔의 입맞춤. 모든 것이 사실이었고 실제였던 감각과 감정.

얼마간의 시간이 흐르고 리브가 방으로 들어왔다.

"제이, 결정을 내렸나요?"

잠시 멈칫했지만, 이내 고개를 끄덕였다.

"죽을 수도 있어요."

"죽지 않을 거예요. 샴하트로 돌아가야 하니까요."

리브는 내 눈을 잠자코 응시하다 물었다.

"언제 시작할까요?"

나는 엄마의 손바닥을 들어 한번 더 얼굴을 비볐다. 그리고 의자에서 일어나 말했다.

"지금이요."

"조금 더 이 방에서 시간을 보내도 좋아요."

나는 펜던트를 벗어 리브에게 건넸다.

"충분해요. 이제 그와 함께 있고 싶어요."

13

우트나피시팀이 길가메시에게 말했다.

―칠 일간 잠을 자지 않으면 영생의 비법을 알려주겠다.

길가메시는 눈을 부릅뜨며 버텼다. 그러나 엔키두의 죽음 이후 긴 날을 방황하며 멈추지 않은 길가메시의 눈앞으로 동굴처럼 깊고 어둠처럼 까마득한 잠의 문이 열렸다.

―『길가메시 서사시』 중에서

"제이, 일어나요."

눈을 떴다. 긴 꿈이 끝났다. 악기를 튜닝하는 오케스트라의 중심에 앉아 있던 것처럼 혼란스러운 선율이 내 뇌를 가득 채우다 뚝 하고 그쳤다. 집안은 기묘할 정도로 고요했다. 분명 큔의 목소리를 듣고 깨어났는데 큔은 보이지 않았다. 시끄러운 악몽을 멈추기 위해 내 무의식이 불러낸 목소리였을까.

몸을 일으켜 앉았다. 창밖은 캄캄했다. 침대 위로 달빛이 쏟아지고 있었다. 여느 때처럼 왼쪽 어깻죽지를 어루만졌다. 통증이 느껴지지 않는다. 컨디션이 좋은 걸까. 이불을 걷고 침대 아래로 발을 내디뎠다. 나무 바닥의 차가운 기운이 발바닥에 전해졌다.

숄을 걸치고 문밖을 나섰다. 몇시지. 아니, 오늘은 며칠이지? 배를 탔고, 눈이 불안정하게 깜빡이던 로봇을 만났지. 바다에 빠졌던 기억이 난다. 그리고 우트나피시팀으로 가서 어떤 여자를 만났지. 그리고 엄마, 엄마! ……그리고?

누군가 내 기억을 툭툭 썰고 가버린 기분이다. 계단을 내려가 큔의 방으로 갔다. 그곳엔 큔의 박스도, 큔도 없었다. 나는 뭘 기대한 걸까.

“제이.”

뒤를 돌아봤다. 큔이 서 있었다. 하얀 점프슈트를 입은 큔이. 온전한 몸을 가진, 처음 왔을 때 모습 그대로의 아름다운 큔이었다. 이건 꿈일까.

“당신이 내게로 왔군요.”

선명한 목소리. 큔이 두 손으로 내 얼굴을 감쌌다. 그의 손은 따뜻했다. 역시 꿈이 아니야. 나는 그의 손을 잡고, 볼을 비비고, 밀려드는 향기를 목마른 사람처럼 들이마셨다. 아름다운 갈색 눈동자가 나를 바라봤다. 큔이 내 입술에 부드럽게 입맞췄다. 우아한 꽃내음이 짙어졌다가 흩어졌다. 큔이 내 손을 잡고 현관으로 걸어갔다.

“큔, 잠깐만!”

큔이 놀라는 나를 바라보며 미소를 생긋 짓더니 조금의 망설임도 없이 문을 열었다. 사방을 둘러봤다. 동네는 고요하고 평온했다. 큔이 내 손을 잡고 달리기 시작했다. 고개를 돌려 뒤를 바라보니 길이 사라지고 푸른빛이 곡선을 그리며 우리 뒤를 따르고 있었다. 집도, 빌딩도, 나무도 무너지고 폭발하며 사라지길 반복했다. 우리 앞으로는 새로운 길과 도시가 계속해서 건설됐다.

"어떻게……?"

우리는 탄생하고 소멸하는 찬란한 빛을 바라보며 내달렸다. 나비가 된 듯 몸의 무게가 느껴지지 않았다. 얼마 지나지 않아 바다의 수평선이 보였다. 거대한 달이 바다 위에 두둥실 떠 있었다. 달은 바다에 고스란히 반사되어 마치 두 개의 달이 뜬 것처럼 보였다. 도착한 곳은 항구였다. 낯설지 않다. 우트나피시팀으로 가기 위해 대망호를 기다렸던 선착장이다. 이렇게 아름다운 곳이었던가? 보랏빛 파도가 잔잔하게 부서지며 달빛을 받아 반짝였다. 부드러운 바람이 내 긴 머리를 흩어놓았다. 큔이 신비로운 미소를 띠고 나를 내려다보았다.

"이제 우리 잠들지 말아요."

작가의 말

이 이야기는 여러 커뮤니티를 돌아다니던 어떤 글에서 시작됐다.

1999년 소니SONY가 일본에서 판매한 '아이보'라는 강아지 로봇과 그 이용자들에 관한 이야기를 담은 글이었다. 초창기에 나온 아이보는 외양만 강아지 모양일 뿐, 사실 그렇게 강아지답지 않았다고 한다. 사람들의 반가워하는 소리에도 무덤덤하게 반응하거나 애교도 부릴 줄 몰랐고 고장도 잦았다. 그렇지만 사람들은 아이보를 진짜 강아지처럼 예뻐했다고 한다. 아이보 모델이 단종된 후 고장이 나도 부품을 구하기 어려워지자 사람들은 아이보를 버리는 게 아니라 전원을 꺼두었다. 그러고는 정말로 보고 싶을 때 한 번씩 켜서 아이보가 움직이는 걸 봤다. 그러다 아이보가 고칠 수 없을 만큼 고장나면 장례식을 치러주고 온전한 부품을 다른 이용자에게 기증하기도 했다. 마치 장기기증을 하듯이. 그렇게 기계일 뿐인 아이보를 진짜 반려견처럼 아끼고 사랑했다.

나는 궁금해졌다. 언젠가 인간형 안드로이드가 나온다면 사람들은 아이보 이용자들이 그랬던 것처럼 안드로이드를 대할까? 사랑을 주고 마음을 줄 수 있을까? 고장나 고칠 수 없으면 전원을 꺼놨다가 한 번씩 깨워 대화를 나눌까? 안드로이드가 깨어나면 뭐라고 말을 건넬까. "잘 잤니? 네 목소리가 듣고 싶어서 깨웠어." 그런 말을 건네지 않을까?

그때 한 장면이 떠올랐다. 재워뒀던 안드로이드를 다시 구동해 재회하며 기뻐하는 한 여자의 모습이 말이다. 그리고 서서히 제이와 큔의 이야기가 나에게 당도했다. 마치 대기 속을 흘러 다니다 내 골똘한 상념을 발견하고 내 머릿속으로 빨려 들어온 것처럼.

그렇지만 그 당시 나는 소설을 쓰는 데 있어 걸음마를 내디딘 거나 마찬가지였다. 머릿속 이야기를 옮길 자신이 없어 손을 놓고 있을 때면 제이와 큔이 계속해서 말을 걸어왔다. 자신들의 이야기를 포기하지 말라고. 당신은 이 이야기를 마칠 의무가 있다고. 글을 쓰는 내내 고통스럽고 행복했다. 정확히 그러한 느낌이었다.

마지막 교정지를 확인한 지금, 지난 이 년여의 시간이 꿈결같이 느껴진다. 3교를 보고 있을 때 챗GPT가 등장했고 인공지능이 만들어낸 글과 그림, 이야기를 목격했다. 기분이 묘했다. 한편으론 사람들이 제이와 큔의 이야기를 조금 더 열린 마음으로 읽어낼 수 있으리란 안도감이 들었다.

감사를 전하고 싶은 분들이 많다. 먼저 큔의 이야기가 세상에 나올 수 있도록 기회를 주신 자이언트북스에 감사드린다. 고백하건데 김지인 편집자님, 황예인 편집장님의 다정하고 날카로운 조언이 있었기에 이 이야기는 한결 읽을 만해졌다. 또 이 이야기는 수메르의 영웅 설화 '길가메시 서사시'에 많은 빚을 지고 있다. 본문에 나온 서사시 구절은 소설을 위해 각색한 내용으로 원문과 거리가 있다. 관심 있다면 국내에 출간된 관련 책들을 꼭 읽어보길 바란다.

처음 쓰는 부끄러운 글을 몇 번이나 읽고 격려해준 국향, 혜승, 경임, 나의 빈곤한 상상력과 부족한 자신감을 북돋워준 효식, 그리고 내가 아직 아이였을 때 내 안에 '이야기'라는 힘센 씨앗을 심어준 나의 어머니 민순홍 여사에게 특별한 감사의 말을 전한다. 그리고 내게 낮달의 아름다움을 알려준 서진, 성준에게 변치 않는 사랑을 약속한다. 이 책을 끝까지 읽은 독자분들께는 제이와 큔을 대신해 진심 어린 감사를 표하고 싶다. 내가 오랫동안 머물렀던 그들의 아름답고 슬프고 향기로운 세계에 당신도 잘 다녀왔길 빈다.

이제 머릿속은 완전히 비었고, 백지의 워드 위에 커서만 깜빡인다. 『큔, 아름다운 곡선』을 쓰는 동안 직장을 두 번 옮겼다. 기약할 수 없는 다음 이야기에 대해 생각하며 작은 염원을 가져본다. 그럴 수만 있다면, 만약 가능하다면, 내 마지막 직장은 소설가의 책상이라면 좋겠다. 상상 속 이야기를 써내려가는 건 내가 여태껏 해본 일 중 가장 행복한 작업이었다.

2023년 여름을 바라보며

김규림

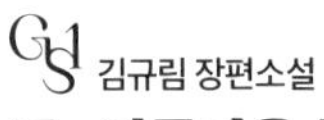

큔、아름다운 곡선

초판 인쇄 2023년 6월 5일
초판 발행 2023년 6월 30일

지은이 김규림
펴낸이 지영주
편 집 황예인 김지인 한수림
표지 디자인 김마리
본문 디자인 데시그
마케팅 최기현 김채린 정지혜
경영 지원 정의정 이상현

펴낸 곳 ㈜자이언트북스
출판 등록 2019년 5월 10일 제2019-000085호
주소 경기도 고양시 덕양구 덕은1로 5 2층
전화 070-7770-8838
팩스 02-3158-5321
홈페이지 www.giantbooks.co.kr
전자우편 books@giantbooks.co.kr
인스타그램 https://www.instagram.com/giantbooks_official/

ISBN 979-11-91824-22-3 (03810)